Beatrice Spahni · Ankunft

Ankunft

Beatrice Spahni

BUCHER

1. Auflage 2022
BUCHER Verlag
Hohenems – Vaduz – München – Zürich
www.bucherverlag.com

Coverzeichnung: Beatrice Spahni
Gestaltung: Lisa Gamper
Herstellung: BUCHER Druck, Hohenems
Bindung: Papyrus, Wien

ISBN 978-3-99018-629-9

Mit Dankbarkeit gedenke ich
Beatrice Sprecher (1925–2021),
der ich dieses Buch widme.

Inhaltsverzeichnis

Vorwort

Dieses Buch erzählt von einer Frau mittleren Alters, die durch eine Kreuzfahrt nochmals die Glückseligkeit grenzenloser Verliebtheit bis zum harten Fall zurück auf den Boden der Realität erfährt. Die Liebesbeziehung selbst wird in Rückblenden jedoch nur angedeutet. Stattdessen konzentriert sich die Geschichte auf Lucys persönlichen Lern- und Heilungsprozess auf ihrem Weg zu Annehmen-Lernen und Loslassen-Können. Nach der Reise wird mit der Gegenwartsform das Augenmerk auf Lucys Gefühls- und Gedankenwelt gelenkt und auf die Erkenntnisse, die sie auch in unscheinbaren Alltagssituationen gewinnt.

Mit dem Schreiben eines Buches habe ich mir einen Jugendtraum erfüllt, der aus der Vergessenheit wieder auftauchte und mich immer mehr antrieb, diese Erfahrungen und Einsichten niederzuschreiben, zu ordnen und sie schließlich mit Menschen zu teilen, die wie Lucy auf der Suche sind, sich ähnliche Fragen stellen und sich vielleicht in deren Zerrissenheit wiedererkennen.

Um die Persönlichkeit von Personen zu schützen, die sich in dieser Geschichte wiedererkennen könnten, sei an dieser Stelle erwähnt, dass sich Fiktion und Realität vermischen.

Teil 1

Cruise

Der Taxifahrer setzte den Blinker und bog nach rechts Richtung Hafen ein. «Pier 21. Wir sind da.»

Vor mir ein Ungetüm. Das Blut schoss mir in die Wangen: «DAS ist mein Kreuzfahrtschiff?? Ich meine ... In dieses Monster hier soll ich einsteigen?» Der Fahrer zeigte keine Emotionen. «Hier Sparklestone Cruise, Madame, 12.80 Euro, bitte.» Er packte das Geld ein, stellte meinen Koffer auf den Gehsteig und zeigte schließlich doch noch so etwas wie Mitgefühl: «Schöne Ferien.» Dann brauste er los.

Nun stand ich da mit meinem Rollkoffer und Rucksack; vor diesem Ozeanriesen, der für zehn Tage mein schwimmendes Hotel sein sollte. Und ich würde gut daran tun, mich in den nächsten eineinhalb Stunden an diesen Gedanken zu gewöhnen. So lange dauerte es nämlich, bis meine langjährige Freundin Elsa dazustoßen würde, die mir das *eingebrockt* hatte. Das hatte ich nun davon ...!

Zwei Monate zuvor hatte ich ihr bei einem gemeinsamen Apéro in einer Bar am See nichtsahnend von meinen Reiseplänen nach Skandinavien erzählt, woraufhin sie diese mit viel Begeisterung und Überzeugungskunst so lange zu einer Kreuzfahrt ausmalte, bis ich bereit war, meine ökologischen Bedenken für einmal von mir zu schieben und mich auf dieses Abenteuer einzulassen. «Etwas Ungewöhnliches zu wagen, wird dir guttun», meinte sie mit dieser Selbstverständlichkeit, die keine Widerrede duldete, während sie bereits die verschiedenen Angebote googelte. Inzwischen hatte auch ich Feuer gefangen und so einigten wir uns auf eine Reise auf der Ostsee. Abgemacht; nun gab es kein Zurück mehr. So schnell hatte ich mich von ihrer Begeisterung anstecken lassen ...

Elsa streckte ihren Arm aus für ein Video-Selfie an ihren Mann. Gemeinsam lächelten wir in die Kamera und riefen im Chor: «Wir – gehen – auf – eine – Kreuzfahrt!»

*

Und da war ich jetzt also: Im Hafen von Kopenhagen.

Mit amerikanisch-unkomplizierter Professionalität nahm mich die Welcome-Crew in Empfang. Während der zuständige junge Mann meinen Namen registrierte und sich um das Gepäck kümmerte, plauderte er freundlich mit mir und gab mir damit das Gefühl, willkommen zu sein. Nach und nach wichen meine Ängste und machten einer leisen Vorfreude Platz.

Die verbleibende Zeit verbrachte ich damit, die volle Länge meines Ozeanriesen zu Fuß abzuschreiten und danach weitere 300 Meter bis zum Drahtzaun, um dort zwischen mehreren Baustellen hindurch einen Blick aufs offene Meer zu erhaschen.

Ich strich mir nachdenklich eine Haarsträhne aus dem Gesicht. Was mich wohl erwarten würde? Eine spontane Entscheidung hatte mich hierhergebracht, an einen Ort, an dem ich früher nie sein wollte. «So schnell geschehen die Dinge im Leben, so schnell geht man in eine andere Richtung.» Mit einem Ruck riss ich mich aus meinen Gedanken. «Nun, dann los ...»

Wie eine Diva, die zu einer Oscar-Verleihung erwartet wird, stieg Elsa eine Stunde später aus ihrem Taxi und winkte mir strahlend entgegen. Mir fiel ein Stein vom Herzen. Zielgerichtet steuerte sie auf den Eingang zu, ich trottete hinterher. Nachdem sie charmant lächelnd ihr Gepäck abgegeben hatte, stiegen wir ins gähnende Maul des Riesen. Als wäre sie hier zu Hause, ging sie entspannt voraus und versorgte mich fortlaufend mit Anweisungen und Informationen. Elsa kannte sich mit solchen Schiffen offensichtlich aus und ich überließ ihr nun gerne den Lead.

Alles verlief problemlos; nicht einmal auf den Lift hatten wir warten müssen. Im Nu waren wir im 12. Stock und schoben den elektronischen Schlüssel ins Schloss. Unser Zimmer war geschmackvoll und gemütlich eingerichtet. Schnell einigten wir uns darauf, wer in welchem Bett schlafen würde. Mit einem glücklichen Seufzer streckte sich Elsa auf jenem neben dem Schminktisch aus. «Sag, ist es nicht herrlich hier, Lucy? Hach, ich liebe es.» Ich öffnete das Fenster und nickte. «Wunderschön, ja.» Fasziniert vom atemberaubenden Anblick dieser unendlichen Weite des Ozeans war ich Elsa heimlich sehr dankbar dafür, dass sie auf ein Zimmer mit Balkon gepocht hatte.

«Sag, Lucy, ist es in Ordnung, wenn ich diese Kleiderbügel nehme? Reichen dir die anderen fünf?» Nach einem prüfenden Blick auf meinen Koffer gab ich ihr das Okay. Auspacken ging schneller als Einpacken. Ich hatte zwar viel mehr Gepäck dabei als normalerweise, denn Elsa hatte mir eingeschärft, dass man sich auf so einer Reise entsprechend zu kleiden habe. Trotzdem staunte ich über unsere gut ausgelasteten Schränke und all die Schuhe in Reih und Glied. Meine Kreuzfahrtgarderobe war eine Freude: Fast alles war neu und kein einziges Schlabber-T-Shirt war dabei. Eigentlich ein gutes Gefühl!

*

Bereit fürs erste Abendessen, ließ ich auf dem Balkon meinen Blick übers Meer schweifen und mir den Wind durch die Haare wehen, während meine Freundin noch Lippenstift auftrug und im Spiegel ihre Frisur überprüfte. Sie hatte auf dem Bett ihren ganzen Schmuck ausgebreitet und stand nun vor der schwierigen Frage, welche Halskette wohl am besten zu ihrem Outfit passte.

Endlich stimmte alles. Perfekt gestylt klemmte sie ihre Handtasche unter den Arm, dann schaute sie mich überrascht an: «Lucy, du siehst ja toll aus in deinem neuen Kleid. Also wirklich! Du solltest öfter solche Sachen tragen.»

Ich gefiel mir tatsächlich auch selbst. «Stimmt! Elsa ... hach, du hast ja recht ... und jetzt verstehe ich auch, warum du mich in Jeans und T-Shirt nicht mitgenommen hättest.» Theatralisch verneigte ich mich vor ihr: «Also, noch einmal und nun offiziell: Danke, dass du mich stilloses Geschöpf ins Warenhaus geschleppt und eingekleidet hast.» Ich lachte, als ich mich in Gedanken nochmals in der Umkleidekabine sah, während sie mir ein Kleid nach dem anderen brachte. Meine Einwände, das gefalle mir nicht wirklich, hatte sie einfach mit den Worten abgetan: «Ich möchte trotzdem, dass du es anprobierst.» Sie sagte das mit solcher Bestimmtheit, dass ich tat, wie mir geheißen, und das meiste stand mir gut. Deshalb hatte ich mich gern überzeugen lassen, als sie in typischer Elsa-Manier bei jedem Stück begeistert rief: «Hach, so schön! Du siehst umwerfend aus, Lucy, das musst du kaufen!»

«Ja, ja, nun habe ich mit 55 endlich auch mal eine anständige Garderobe. Gut, dass du mich gezwungen hast, mir selbst gegenüber nicht immer so knausrig zu sein. Und weißt du was? Ich fühle mich ausgesprochen wohl darin», gab ich fröhlich zu.

Nun erlaubte ich mir auch, diesen Luxus zu genießen. Selbstbewusst gingen wir hinunter zum Speisesaal. Am Empfang bestellte Elsa einen schönen Zweiertisch am Fenster. Doch um diese Zeit herrschte Hochbetrieb und als der Rezeptionist von seinem Tisch- und Reservationsplan aufsah und mit bedauernder Miene meinte, er müsse uns zu einem Paar dazusetzen, wurde sie energisch und bestand auf einen separaten Tisch. Mir war das unangenehm. «Ach komm, wenn es keinen Platz hat, dann ist es halt so. Ich hab' kein Problem damit», versuchte ich sie zu beschwichtigen. Endlich lenkte sie ein. «Also gut. Aber das ist überhaupt nicht so, wie ich es gewohnt bin», kommentierte sie in leicht arrogantem Ton, als wir zum Tisch geführt wurden. Es zeigte sich jedoch gleich zu Beginn, dass wir es kaum besser hätten treffen können. Janet und Andrew aus England waren unterhaltsame, liebenswürdige Gesprächspartner und von nun an unsere Freunde auf dem Schiff.

*

Nach dem Abendessen hatten wir jeden Abend vor allem ein Ziel: tanzen. Wir beide waren immer die ersten auf der Tanzfläche. Losgelöst vom Alltag lebten dabei die Vertrautheit unserer Freundschaft und damit verbundene Erinnerungen wieder auf, während die Musik unsere Körper durchflutete, wie das Mondlicht den Ozean.

Mich begeisterte vor allem die Sängerin der Band. Als Teenager hatte ich davon geträumt, vor Publikum zu singen und es zu bezaubern, so wie sie es tat. Wie schade, dass diese Band schon nach wenigen Tagen von einer anderen Gruppe abgelöst wurde – dachte ich zuerst ...

*

Wir hatten uns darauf geeinigt, tagsüber meist getrennte Wege zu gehen. Beide genossen wir diese Freiheit und hatten einander abends dafür immer viel zu erzählen. In Oslo traf ich mich nach einem Besuch im Stadthaus auf einen Kaffee mit einer ehemaligen norwegischen Schülerin von mir, während Elsa zum Schloss hochgewandert war und mir später Fotos von einer dortigen Ausstellung zeigte.

Von Warnemünde aus unternahm sie einen Ausflug nach Rostock, doch auch hier gab es viel zu erkunden: Charmante Fachwerkhäuser prägten das Bild; Cafés den Kanal entlang und um den Aussichtsturm herum luden zum Verweilen ein. Auf der Terrasse eines kleinen Lokals mit bunten Stühlen und Blumensträußchen auf den Tischen genoss ich ein Glas Wein und beobachtete die von den Kreuzfahrtschiffen angeschwemmten Touristen. Es herrschte eine fröhliche, entspannte Ferienstimmung. Auf meinem weiteren Spaziergang entdeckte ich die bronzene «Esperanza», eine vier Meter hohe Statue in Frauengestalt, die mich tief berührte; sehnsüchtig blickt diese elegante, junge Frau aufs Meer und scheint nach ihrem Liebsten Ausschau zu halten.

Als ich später den Kanal entlang zurück zum Hafen schlenderte, fand ich ein vierblättriges Kleeblatt. Vorsichtig legte ich es in meinen Notizblock. «Wer weiß, vielleicht bringt es mir tatsächlich Glück?»

*

Elsa und ich hatten vereinbart, St. Petersburg gemeinsam auf eigene Faust, also nicht von «Sparklestone» organisiert, zu erkunden, was sich aber als relativ schwierig herausstellte, denn Gruppen haben beim Eintritt in Museen den Vorrang. Wir wollten aber keinesfalls die knapp bemessene Zeit mit Schlange stehen verbringen, darin waren wir uns einig. Also kam ein Besuch in der Eremitage schon mal nicht in Frage. Außerdem mussten wir erkennen, dass die Bauwerke dieser Stadt derart riesig sind, dass der Gesamtüberblick aus der Froschperspektive fehlt. Anders als in den behaglichen Altstädten von Warnemünde oder Tallin kommt man hier deshalb zu Fuß nicht sehr weit und so waren Misstöne vorprogrammiert. Etwas gereizt einigten wir uns auf eine Richtung und gelangten so endlich zur ersten Zwiebelturmkirche. Der Ansturm war riesig, deshalb wurde man zügig durchgeschleust; für besinnliches Betrachten fehlte die Zeit. Elsa hielt mit geübtem Auge dennoch einige Eindrücke mit der Kamera fest, so hatten wir immerhin einige Fotos, die wir am Abend in Ruhe anschauen konnten.

Zum Glück stießen wir nach dem Besuch der Kirche zufälligerweise auf ein Boot, mit dem wir einen kleinen Ausflug auf den Kanälen dieser Stadt unternehmen konnten. Diese Fahrt war allerdings für einheimische Touristen gedacht, weshalb die Sehenswürdigkeiten nur auf Russisch kommentiert wurden und wir somit auch keine Ahnung hatten, wo wir uns gerade befanden.

Trotzdem stimmte mich diese Bootsfahrt versöhnlich und später sogar geduldig, als sich Elsa anschließend in der Nähe der Eremitage von einer Künstlerin porträtieren lassen wollte. «Sie soll sich hüten, mich mit Falten zu malen», meinte sie, als sie sich hinsetzte und eine gefühlte Stunde als Modell in gleicher Pose verharrte. Da ich selbst sehr gern male, schaute ich inzwischen den anderen Künstlern interessiert zu und verglich deren Werke mit ihren Modellen. Einige faszinierten mich dermaßen, dass ich fast vergaß, auch auf Elsas Konterfei ab und zu einen Blick zu werfen.

«Und, was meinst du, sehe ich mir ähnlich?»

«Nun ... Kann ich nicht genau sagen ... Das Bild ist momentan definitiv jünger als du.»

«Gut so», entgegnete sie beruhigt und der Klang ihrer Stimme signalisierte klar, dass sie keine weiteren Ausführungen wünschte. Ich schüttelte innerlich den Kopf und musste über ihre Eitelkeit lächeln.

Als wir gegen Abend im Taxi zurück zum Hafen fuhren – Elsa saß zufrieden mit dem Portrait ihres jungen Selbst auf dem Nebensitz – teilte ich ihr mit, dass ich von meinem Visum für den zweiten Tag wohl keinen Gebrauch machen würde. «Ja, gut, ist mir auch recht», war ihr Kommentar. Alles klar.

*

Den folgenden Tag verbrachte ich also allein auf der riesigen Terrasse des Schiffes und genoss den fast menschenleeren Pool, während sie und alle anderen in St. Petersburg unterwegs waren. Natürlich war es schade, dieses «Paris des Ostens», wie diese wunderschöne Stadt wohl nicht zu Unrecht genannt wird, nicht zu erkunden. Irgendwann würde ich es nachholen, dann jedoch mit einer Reiseführung, nahm ich mir fest vor.

Aber für eine entsprechende Buchung war es nun zu spät. Allein traute ich es mir nicht zu, und mit Elsa schien das hier nicht ohne Spannungen zu funktionieren, das hatte sich am Vortag klar gezeigt. Trotzdem war es für beide ein guter Tag, und es war spannend, beim Abendessen den reich ausgeschmückten Ausführungen ihrer Erlebnisse zuzuhören.

*

Meist kamen wir beide auf dieser Reise gut miteinander zurecht. Nur zweimal nannte sie mich aufgebracht einen Gutmenschen, was durchaus als Beschimpfung gemeint war. Ich ging ihr damit auf die Nerven, dass ich ihre kritischen Bemerkungen zu der «unmöglichen Garderobe der Frau mit den dicken Beinen» oder über die «fetten Amerikaner, die sich beim Buffet vordrängen, den Teller übervoll schöpfen und dann die Hälfte stehen lassen» stets zu relativieren versuchte. «Hör endlich auf damit, immer jede und jeden in Schutz zu nehmen!», rief sie dann jeweils verärgert aus.

Elsa war nicht die erste oder einzige, die mir vorwarf, dass ich bei jeder kritischen Aussage reflexartig die Rolle der Verteidigerin übernahm. Doch in diesem Fall fühlte ich mich im Recht. Normalerweise war es ja gerade Elsas unverblümte Art, die ihren Charme ausmachte und was ich so an ihr mochte, aber diese abwertenden Kommentare über andere Passagiere störten mich und waren härter als ihr sonst warmes Herz.

*

In Skandinavien konnte ich noch zwei weitere einheimische Freundinnen besuchen. Beim Treffen mit Karita in Stockholm reichte es zwar nur für ein ausgedehnteres Mittagessen in Hafennähe, doch war es eine kostbare Gelegenheit, uns überhaupt zu sehen und auszutauschen.

Sprachlos und voller Bewunderung erfuhr ich, wie sie ihren Job als Hauswirtschaftslehrerin an den Nagel gehängt und soeben eine Ausbildung zur Lokomotivführerin abgeschlossen hatte. «Karita, du bist unglaublich mutig! Mit 55 nochmals neu anzufangen, hätte ich wohl nie gewagt!»

Nachdem der Kellner abgeräumt und den Kaffee gebracht hatte, deutete Karita mit den Augen auf einen Mann zwei Tische weiter. «Schau, der wäre doch süß.»

«Ach! Genau. Seinetwegen würde ich sofort mein Leben umkrempeln und nach Stockholm ziehen.» Ich musste schmunzeln. Karita hatte wie damals mit 18 noch immer diesen mädchenhaften Schalk in den Augen. Sie neckte mich weiter und wollte wissen, ob ich einen Flirt an Board hätte, was ich lachend verneinte: «Die meisten Passagiere sind Paare. Und überhaupt, das Thema Männer ist für mich abgehakt. Ja, ja, schade, aber es geht mir sehr gut, auch ohne!»

Ernst wurde ich jedoch, als sie mir daraufhin sagte, sie würde sich von Sven scheiden lassen. In all den Jahren war auch er mir zu einem lieben Freund geworden und er tat mir so leid. Natürlich hatte mir Karita schon oft von gewissen Spannungen zwischen ihnen geschrieben, und aus eigener Erfahrung wusste ich, dass es die unscheinbaren Konflikte sind, die wie stete Tropfen auch starke Pfeiler einer Beziehung ins Wanken bringen können und die sich nicht mit ein paar Worten erklären lassen. Aber nie hätte ich gedacht, dass es jemals so weit kommen würde. Karita und Sven waren für mich immer das unzertrennliche Traumpaar gewesen.

Bei solchen Gesprächen vergisst man leicht die Zeit und ich erschrak, als ich auf die Uhr schaute. «Oh! Ich muss sofort gehen! Das Schiff wartet nicht. Wir hören uns bald, okay? Keep in touch Karita! Kram!» Nach einer festen Umarmung rannte ich los.

*

Zum Glück war ich nicht ganz die Letzte, die etwas außer Atem an Board kam, doch bald schon legten wir ab.

Die Fahrt durch den Archipel vor Stockholm war wunderschön. Vom Oberdeck aus sah ich zu, wie die Stadt langsam aus meinem Blickfeld verschwand, dafür glitt der Ozeanriese nun an all den kleinen, idyllischen Inseln vorbei. Dazu ertönten wie in einem touristischen Werbefilm Abba-Songs aus den Lautsprechern. Laut genug, dass ich aus vollem Hals mitsingen konnte, ohne von den vielen anderen Touristen neben und hinter mir gehört zu werden. Oder doch? Und wenn schon.

*

In Helsinki hatte ich etwas mehr Zeit. Der Mann meiner finnischen Freundin Rikka holte mich mit dem Auto am Hafen ab. Ich kannte ihn noch nicht, aber er war mir mit seiner ruhigen Art auf Anhieb sympathisch. Auf der Fahrt nach Hause wies er mich auf die eine oder andere Sehenswürdigkeit hin, was mir schon mal das Gefühl gab, trotz der wenigen Stunden, die ich hier verbringen würde, mein Touristen-Soll erfüllt zu haben.

Rikka begrüßte mich herzlich und führte mich auf die Terrasse ihrer hübschen Dachwohnung. Dort saß die zweijährige Tochter auf einer Decke am Boden und bedachte mich mit einem prüfenden Blick. Ich wollte ihr Vertrauen gewinnen und versuchte, mit ihr zu spielen, doch sie sah mich nur unentwegt an. Nach langem, liebevollem Zureden lächelte sie endlich; das Eis war gebrochen. Nach dem Frühstück ließ sie sich sogar von mir herumtragen, während meine Freundin eine Fahrradverleihstation ausfindig machte und zwei Räder für uns buchte.

Bevor wir losfuhren, versicherte sie sich nochmals, dass Papa sich gut um die Kleine kümmern würde, dann ging's los, jede Minute war kostbar.

Ohne Hektik führte mich Rikka durch Parkanlagen und Außenquartiere der Stadt, wo Junge zusammen am Fluss picknickten und Familien spielten. Auch wir setzten uns unter einen Baum in Ufernähe und genossen den sonnigen Tag. Was für eine geniale Idee Elsa doch mit dieser Kreuzfahrt gehabt hatte! Wer weiß, wann ich sonst den Weg nach Helsinki gefunden hätte.

Seitdem wir uns vor einigen Jahren in meinem Deutschkurs kennengelernt hatten, verband Rikka und mich eine Seelenverwandtschaft, unabhängig davon, wie lange wir uns nicht sehen oder hören. Beide waren wir auf der Suche. So erzählte sie mir von ihren Erfahrungen mit Yoga, von Ausdruckstanz und einer Band, in der sie ab und zu als Sängerin mitwirkte; von Selbstzweifeln, Erfolgserlebnissen und tiefen Glücksgefühlen. Und von ihrer Liebe zu ihrer kleinen Tochter.

An diesem Nachmittag fühlte ich mich einmal mehr reich beschenkt im Bewusstsein, Freunde auf der ganzen Welt zu haben.

*

Nach meinem Abstecher zu Rikka in Finnland neigte sich auch unsere Schiffsreise dem Ende zu. Es war der drittletzte Abend. Elsa und ich gingen nach dem Essen wie immer in die Haupthalle, in der die Liveband spielte. Wir tanzten so ausgelassen wie damals, als wir als Teenager zum ersten Mal in die Disco gehen durften – oder nicht durften: Elsa, ohne das Wissen ihrer Eltern, wenn sie bei einer Freundin übernachtete, und ich vielleicht ausnahmsweise mal an einem Sonntagnachmittag und das auch nur, wenn mein vier Jahre älterer Bruder meinen Eltern versicherte, er würde auf mich aufpassen.

Hier hatten wir definitiv mehr Platz als damals; die Tanzfläche gehörte uns. Was für ein Gefühl, sich ganz dem Rhythmus hinzugeben! Elsa war in absoluter Hochform und tanzte auf die anderen Gäste zu, um überschwänglich Komplimente zu verteilen und da und dort im Smalltalk zu verweilen.

«Die ist ja herrlich …, dachte ich mit einer Mischung aus Bewunderung und Sorge. «Ob es wirklich auch alle schätzen, von Unbekannten angesprochen zu werden?» Mir wurde bewusst, wie zurückhaltend und fast abweisend ich dagegen doch manchmal war ... «Manchmal, nicht immer», beschwichtigte ich mich selbst bei diesem Gedanken. «Bei meinen Deutschklassen bin ich sogar sehr aufgeschlossen, voller Humor und Charme, gehe auf in meiner Rolle ... Dort bin ich eigentlich immer so, wie ich mich am liebsten mag. Und im Privatleben? Nun ja, doch, da manchmal auch ..., aber eben nicht so oft wie Elsa. Und flirten wie sie kann ich schon gar nicht. Das habe ich gar nie gelernt. Dafür bin ich viel zu ernst. Warum eigentlich?» Ich sinnierte und führte mein inneres Selbstgespräch weiter, während ich beobachtete, wie Elsa immer wieder den Bassgitarristen anstrahlte.

Inzwischen hatte ich mich hingesetzt. Ein warmes Gefühl stieg in mir auf, als ich an Rikka und unseren Ausflug in Helsinki zurückdachte. Zufrieden und mit mir versöhnt nippte ich an meinem Glas und bewegte mich in gelöster Stimmung leicht zur Musik, die nun aus der Dose kam, denn die Band hatte jetzt Feierabend.

Elsa suchte mit den Augen die Bar ab und entdeckte mich. Mit dem Bassisten im Schlepptau gesellte sie sich zu mir: «Lucy, das ist Roy.»

«Hi!» Noch nie hatte mich ein Unbekannter so strahlend angelächelt. Beim ersten Blick in seine

Augen öffnete sich in mir eine Tür. Es war so einfach, sie ganz aufzustoßen. Mit leiser Verwunderung nahm ich wahr, wie gelöst und charmant ich mich ihm gegenüber zeigen konnte.

Während sich Elsa ungewohnt diskret zurückhielt, kamen wir sofort miteinander ins Gespräch und plauderten angeregt. «Lucy, bist du verheiratet?»

«Jein. Mein Mann und ich sind seit bald zehn Jahren getrennt, aber gute Freunde. Wir sind Familie. Und du?»

«Ich auch, seit zwölf Jahren. Aber ich denke, meine Exfrau wird wohl in nächster Zeit die Scheidung einreichen, sie ist gerade mit ihrem neuen Freund zusammengezogen.»

Es ist nicht selbstverständlich, in unserem Alter jemanden kennenzulernen, der Single ist. So war es sicher nicht falsch, dass wir das gleich geklärt hatten. Andererseits war es nur ein kleiner Smalltalk in der Bar eines Kreuzfahrtschiffs. Doch ich wollte mehr über in wissen. «Roy, wie fühlt sich denn so ein Leben auf dem Schiff an? Was machst du tagsüber, wenn du nicht spielen musst?»

«Ich meditiere.»

«Ah, deshalb!», entfuhr es mir spontan. Warum überraschte mich seine Antwort nicht? Fast hatte ich sie erwartet. Und doch: deshalb? Was: deshalb? Ich wusste nicht einmal genau, was Meditation wirklich war. Aber vielleicht hatte das Leuchten in seinen Augen ja damit zu tun.

Elsa forderte uns auf, gemeinsam für ein Foto zu posieren und ergänzte mir zugewandt mit einem Augenzwinkern auf Deutsch: «Ihr seid so süß zusammen, hach!» Roy legte vorsichtig seinen Arm um meine Taille und ich meinen um seine. Etwas verlegen lachte ich mit ihm in die Kamera.

Später tauschten wir unsere Facebook-Kontakte aus, bevor er sich in sein Zimmer zurückzog. «Na, der ist ja hin und weg von dir, und dich erkenne ich auch kaum wieder, Lucy. Du warst so weich und süß wie ein Marshmallow», meinte Elsa, die ich ganz vergessen hatte, mit schelmischem Lächeln. «Ja ... und es ist seltsam: Ich weiß, dass diese Begegnung von Bedeutung ist», entgegnete ich nachdenklich und etwas verwirrt. «Wir werden uns wiedersehen. Keine Ahnung, warum ich mir so sicher bin. Ich weiß es einfach. So was hab' ich noch nie erlebt! Auf jeden Fall ist er etwas Besonderes und fasziniert mich; ich meine als Mensch, nicht als Mann. Ehrlich.»

«Jaja ...» Elsas Gesichtsausdruck sprach Bände. Natürlich glaubte sie mir meine keuschen Gedanken nicht. Ich schon.

*

Am folgenden Abend überließ der Bandleader für einen Song Roy das Mikrofon: «Let's Stay Together» von Al Green. Warum hatte ich das Gefühl, dass diese Worte an mich gerichtet waren? Und warum machte mich dieser Gedanke nervös? Während ich dazu tanzte, vermied ich den Augenkontakt mit Roy und wusste nicht wirklich, warum. Aber als er in der Spielpause ganz selbstverständlich auf unseren Tisch zusteuerte und sich mit breitem Lächeln zu uns setzte, war es wieder wie am Vorabend. Ich fühlte mich verändert, gelöst und glücklich.

Am folgenden Abend setzte sich nach dem letzten Set auch der Bandleader links neben mich und verwickelte mich in ein Gespräch, sodass ich, in der Mitte sitzend, Roy den Rücken zukehren musste, um mich Bill zuzuwenden. Unbekümmert plauderte ich mit ihm und den anderen Bandmitgliedern, die sich dazugesetzt hatten. Für mich fühlte es sich so an, als hätten Roy und ich Gäste zu Besuch, die ja bald wieder gehen würden. Für ihn offenbar nicht. Ich wunderte mich ein bisschen, als Roy schon bald aufstand und eine gute Nacht wünschte. Wie hätte ich ahnen können, dass er sich über seinen Bandkollegen ärgerte, der fast meine ganze Aufmerksamkeit für sich beanspruchte? Elsa war schließlich auch noch da.

*

Für das letzte Abendessen gingen Elsa und ich ausnahmsweise nicht in den Speisesaal, sondern ins schicke Restaurant nebenan. Unsere englischen Cruise-Freunde hatten dort gerade an ihrem reservierten Tisch Platz genommen. Als sie uns erblickten, riefen sie uns erfreut zu und fragten, ob wir uns nicht zu ihnen setzen wollten, um Janets Geburtstag mitzufeiern. Andrew erkannte in unseren Gesichtern ein Ja, und noch bevor wir antworten konnten, schob er für uns die freien Stühle zurecht.

In fröhlicher Gesellschaft bei edlem Essen verging die Zeit wie im Flug. Als ich auf die Uhr schaute, war es schon nach zehn. Ich hatte Roy versprochen, mich noch von ihm zu verabschieden; bestimmt wartete er bereits auf mich. Unter einem Vorwand stand ich auf: «Bin gleich zurück. Entschuldigt mich für einen Moment.»

Mit einem anderen Bandmitglied war Roy gerade dabei, ein paar Sachen wegzuräumen. Zu dritt wechselten wir deshalb nur noch ein paar belanglose Worte, dann gab ich ihm ein kleines Küsschen auf die Wange. «Bye, Roy. Ich schreib dir, okay? Keep in touch.» Wir winkten uns noch kurz zu, dann eilte ich zurück zu meiner Geburtstags-Runde.

«Ob ich wohl zu wenig herzlich war? Das Abschiedsritual zu kurz?», fragte ich mich ein wenig besorgt. «Ach was, schließlich waren wir einander nur sympathisch, nichts weiter!» Außerdem würden wir uns wiedersehen. Irgendwann, irgendwo. Ich wusste es einfach.

Wieder zu Hause

Zwei Tage später hatte mich der Alltag wieder. Müde, aber zufrieden kam ich nach der Schule nach Hause und kochte mir etwas von dem Wenigen, was mein Kühlschrank noch hergab. Dann setzte ich mich mit dem letzten Bissen im Mund endlich an den Laptop, um Roy eine Nachricht zu schreiben. Bevor ich sie abschickte, versprach ich mir, nicht enttäuscht zu sein, falls keine Antwort kommen würde. Doch sie kam umgehend. *«Hi, Doll. Ich sitze gerade in einem Gartenrestaurant in Warnemünde und bin sicher, dass der Kellner sich fragt, warum der Kerl da vorn am Tisch plötzlich allein vor sich hin grinst. Ich freue mich so, von dir zu hören, Lucy!»*

Das von nun an tägliche «Bling!» hob mich mit einer ungewohnten Leichtigkeit aus dem Bett und zauberte mir schon am frühen Morgen ein Lächeln aufs Gesicht. Zwei Wochen dauerte es, bis ich meine Glücksgefühle als Verliebtheit deuten konnte. Ich hätte die ganze Welt umarmen können. Mein Herz wusste kaum wohin mit dieser Freude und Glückseligkeit. Als ich eines Morgens auf Wolke sieben ins Klassenzimmer schwebte, entschuldigte ich mich sogar bei meiner Klasse dafür, dass ich fast jauchzte und so ausgelassen war. Sie liebten mich dafür.

Meine Erlebnisse, meine Gedanken und Emotionen – alles teilte ich mit Roy, und er erzählte sogar Schiffsgästen von mir. Aus der ganzen Welt kamen seine Guten-Morgen- und Gute-Nacht-Grüße in Form von Herz-Emojis. Wir waren verliebt wie Teenager.

Aber wie war das möglich? Ozeane und tausende Kilometer trennten uns. Was also war es, das uns verband? Ich musste es herausfinden. Sein dreimonatiger Vertrag endete in Florida. Ich beschloss, im November nach Miami zu fliegen. Als ich auf den Button «Buchung abschließen» drückte, konnte ich es selbst kaum fassen. Nie hätte ich mir früher so eine Entscheidung zugetraut, aber nun war ich außer mir vor Vorfreude. Ans Schlafen war nun nicht mehr zu denken; er musste es erfahren, am liebsten gleich jetzt!

Die Telefonverbindung war zwar nicht optimal, doch ich hörte in seiner Stimme Freude, Überraschung und ... eine gewisse Zurückhaltung? Nach einem kurzen Zögern beantwortete er meine unausgesprochene Frage: «Lucy ... Ich muss dir was gestehen ... Zwei Monate vor unserer Begegnung hatte ich im Internet eine Frau kennengelernt. Sie schien perfekt zu mir zu passen, denn wir haben die gleichen spirituellen Lehrer und Ansichten. Also war ich ihrer Einladung gefolgt und ließ mich schließlich auf eine Art Beziehung mit ihr ein, obwohl sie mich als Frau überhaupt nicht anzog. Aber ... sie betrachtet mich seither ... als ihren Partner. Ich muss das zuerst klären, Lucy, damit ich mich in Miami wirklich für dich frei fühlen kann.»

Ich blieb erstaunlich gelassen. «Verstehe. Ja, tu das, Roy. Es ist wichtig, dass du ihr die Wahrheit sagst», antwortete ich ruhig. «Glaub mir, so schmerzlich es für sie sein wird, ist es immer noch besser, als in einer Illusion zu leben. Ich selbst würde das nicht wollen. Ich würde die Wahrheit wissen wollen», ergänzte ich mit Nachdruck. Er gab mir recht, doch ich wusste, wie schwer es ihm fiel, ihr wehtun zu müssen.

*

Einige Tage später schrieb er mir: *«Lucy, ich hab's ihr gesagt. Jetzt bin ich frei. Ich kann es kaum erwarten, dich wiederzusehen!»*

Wir malten uns aus, wie das Wiedersehen wohl sein würde; ob wir uns nach drei Monaten überhaupt wiedererkennen würden. Schließlich hatten wir auf dem Schiff nur dreimal zehn Minuten miteinander verbracht. Was, wenn wir in der Realität plötzlich nicht mehr die gleichen Gefühle füreinander hatten? Wir vereinbarten «no expectations». Alles würde möglich sein. Alles wäre okay. Auch ein freundschaftliches Schlafen nebeneinander im Bett.

Das beruhigte uns beide sehr. Der Druck war weg und wir konnten uns nun einfach für das öffnen, was sein würde.

Heute verstehe ich, wie wichtig es war und ist, keine Erwartungen zu haben. Erwartungen können enttäuscht werden. Keine Erwartungen zu haben ist das, was den Fluss des Lebens ermöglicht. Ich bin sehr dankbar, dass wir das so erleben durften. Einfach geschehen lassen, was sein sollte.

Florida: Besuch bei Freunden und Wiedersehen mit Roy

Ich flog nicht nur im Flugzeug über den höchsten Wolken, ich schwebte auch sonst im siebten Himmel und erzählte meiner um einiges älteren Sitznachbarin von meiner außergewöhnlichen Liebe, derentwegen ich nun den Atlantik überquerte. Sie hörte mir fasziniert zu und war so gerührt, dass ich ihr versprechen musste, ihr per Mail von unserem ersten Wiedersehen zu berichten, was ich gleich nach meiner Rückkehr auch tat.

Zuerst besuchte ich jedoch in Tampa liebe Freunde, die ich lange nicht gesehen hatte und die sich mit mir freuten, dass ich so glücklich war.

Am Flughafen wurde ich mit offenen Armen erwartet. Im fröhlich-lauten Durcheinander unserer Begrüßung lachte Sandy: «Hey, Lucy, dein Roy hat mir schon mehrere Nachrichten geschickt und ist schon ganz aufgeregt. Ich soll ihm unbedingt sofort Bescheid geben, wenn du gelandet bist. Der ist ja süß! Komm, wir rufen ihn gleich an.»

Vor meinem Abflug hatte ich Roy für alle Fälle Sandys Kontaktdaten gegeben und umgekehrt. Weil ich mich mit dem Roaming noch unsicher fühlte, war ich nun froh, ihr Handy benutzen zu können. Im Auto unterwegs nach Hause witzelte Sandy kurz mit Roy am Telefon, bevor sie es mir nach hinten reichte. Zum ersten Mal hörten wir uns nun im gleichen Land, zur gleichen Zeit. Es war ein besonderes Gefühl, ihn so nah zu wissen.

Meine Freunde wohnten in einer freundlichen, gepflegten Nachbarschaft. Nach einer Führung durchs Haus trug Bruce meinen Koffer in den oberen Stock. Auch mein Zimmer war sehr geschmackvoll eingerichtet, und auf dem großen Bett lagen zwei liebevoll drapierte Schokoladenherzen. Bevor ich auspackte und mich für den Abend bereit machte, streckte ich mich der ganzen Länge nach auf der bunten Decke aus und ließ meine Arme über den Bettrand baumeln. Mit freudigem Staunen sog ich die neuen Eindrücke der letzten Stunden in mich auf.

Am Abend feierten wir in einem Restaurant meinen 56. Geburtstag. Ich musste lächeln, als meine Freunde beim Essen wie früher lautstark und gleichzeitig erzählten, um dann jeweils lachend voneinander den Lead zu beanspruchen: «Bruce, this is MY story!»

Völlig überraschend brachten mehrere Kellner zum Nachtisch eine mit Kerzen dekorierte Torte. Alle zusammen sangen ein herzliches «Happy Birthday» und klatschten in die Hände. Von so viel Liebe und Aufmerksamkeit umgeben zu sein, berührte mich tief und machte mich unendlich glücklich. Voller Zuversicht schaute ich nun meinem neuen Lebensabschnitt entgegen.

*

Am Tag vor meiner Abreise spazierten Sandy und ich allein durch ihre Nachbarschaft. «We need some girlies-talk alone, Bruce.» Augenzwinkernd hatte sie ihrem Mann eine Kusshand zugeworfen und ihren Arm unter meinen geschoben. In alter Vertrautheit erzählten wir uns von unserem Leben, von Höhen und Tiefen in ihrer Beziehung, von Gefühlen. Wir hatten so lange nichts voneinander gehört und fühlten uns doch immer verbunden.

Auf einer kleinen Holzbrücke blieben wir stehen. Aufgeregt hielt ich Ausschau nach Alligatoren, die man in den umliegenden Tümpeln hin und wieder zu Gesicht bekommen konnte. «Leben die wirklich so nah bei den Häusern? Wie groß sind die denn?»

«Well, riesig!», neckte sie mich, worauf ich kleinlaut wurde, weil ich mir nicht sicher war, ob sie das ernst meinte oder nicht. Halb enttäuscht und halb froh darüber, dass sich keiner gezeigt hatte, kehrten wir eine Stunde später nach Hause zurück, wo Bruce dabei war, unser letztes gemeinsames Abendessen vorzubereiten. Wir tranken in der Küche stehend eine Tasse Tee, schauten ihm zu und gingen ihm da und dort zur Hand. Liebevoll beobachtete ich, wie sie sich gegenseitig neckten und spürte eine kleine Traurigkeit in mir aufsteigen. Nur noch wenige Stunden, dann mussten wir voneinander Abschied nehmen.

Sandy nahm eine Flasche Prosecco aus dem Kühlschrank. «Hey, Lucy, was ist? Warum so nachdenklich? Komm, lass uns auf unsere Freundschaft anstoßen! Das nächste Mal sehen wir uns zu viert. Du musst uns deinen Roy dann unbedingt vorstellen!» Ihre Fröhlichkeit steckte mich an und machte meiner Vorfreude Platz: Roy! Ja, morgen würde ich ihn wiedersehen. «Oh my …!»

*

Als ich in Miami landete, war ich noch immer erfüllt von dieser Energie und strahlte mit pochendem Herzen dem entgegen, was nun kommen würde.

Mein grüner Koffer war der letzte auf dem Förderband, denn ich hatte auf der Toilette mein Spiegelbild überprüfen wollen und mich etwas frisch gemacht. Ich hatte nicht realisiert, dass es ja ein Inlandflug gewesen war und ich somit keine Passkontrolle mehr passieren musste. Deshalb erschrak ich ein wenig, als Roy plötzlich hinter mir stand und mich anlachte. Mehr aus Verlegenheit umarmte ich ihn und gab ihm sogar einen Kuss auf den Mund, was ihn erfreute, aber auch überraschte. «Ich hatte nicht erwartet, dass du so zärtlich sein würdest», gab er später zu.

Ein Freund von ihm hatte ihn in seinem Auto zum Flughafen gebracht und fuhr uns nun zum Hotel; wir hielten uns während der ganzen Fahrt die Hand, aber um etwaigen Missverständnissen vorzubeugen, war es mir wichtig, ihm gleich zu gestehen: «Roy, ich kann dir noch nicht sagen, dass ich dich liebe, bitte gib mir noch etwas Zeit.»

«Klar, no problem», erwiderte er unbekümmert und strahlte mich wieder mit seinem breiten Lächeln an.

Das luxuriös eingerichtete Appartement lag im 14. Stock eines Hochhauses am Meer. Am Strand gab es eine Pier mit einem kleinen Restaurant. Dorthin gingen wir als erstes, nachdem wir mein Gepäck abgestellt hatten.

Ich war mit der langen Karte etwas überfordert und froh, dass er bestellte: Gebackene Shrimps, die wir in süß-saure Sauce tunkten; dabei entspannte ich mich zusehends und es verging keine halbe Stunde, bis ich von seinen zärtlichen Blicken verzaubert war. «Roy, nun spüre ich es. Ich bin verliebt in dich.» Er beugte sich leicht vor, strich mir eine Strähne aus dem Gesicht und blickte mich liebevoll an: «And I'm in love with you, Lucy.»

Unsere Terrasse bot einen fantastischen Ausblick aufs Meer. Jeden Morgen setzten wir uns dort auf die bequemen Liegestühle und erzählten einander bei einer Tasse Tee von unseren Familien, von Menschen und Dingen, die uns wichtig waren, von unserem Leben. Wir fühlten Vertrauen und eine Verbundenheit, die unsere Herzen füreinander öffnete wie das Tor zu einem lichtdurchfluteten Blumengarten.

Dass für Roy innerer Frieden und tieferes Bewusstsein das Wichtigste im Leben ist, hatte er mir schon von Anfang an geschrieben, worauf ich im Buch, das ihn auf diesen Weg geführt hatte, nach dem Geheimnis seiner Ausstrahlung suchte, die mich schon bei unserer ersten Begegnung auf dem Schiff so fasziniert hatte. Er freute sich sehr darüber und bot mir an, mit ihm zu meditieren. Damals war ich offen für alles, was er mir zu diesem Thema zeigte.

In dieser knappen Woche, die wir gemeinsam verbrachten, zelebrierten wir unsere Verliebtheit. Als wir auf dem Weg zu unserem ersten Frühstück vor dem Restaurant stehenblieben, um uns zu umarmen und zu küssen, sprachen uns fremde Leute an, um uns zu sagen, was für ein schönes Paar wir doch seien. Im Schlaf suchten wir die Hand des anderen, um die Nähe zu spüren und um sicher zu sein, das alles nicht nur zu träumen.

Er war sehr charmant und wusste, wie man das Herz einer Frau gewinnt: In Miami Beach beschrieb er einem Uber-Fahrer am Handy, woran er uns erkennen würde: «Sie können uns nicht verfehlen. An meiner Seite ist die schönste Frau der Welt.»

Doch eines Abends erzählte er mir auf dem Weg zum Restaurant von früher; von einem Freund, der einst Zuhälter war. Er beschrieb mir dessen Villa und die Frauen, die für ihn gearbeitet und sich in ihrer Freizeit dort am Swimmingpool geräkelt hatten. «Er hat sie sehr gut behandelt und sie waren ja freiwillig dort», ergänzte Roy, als er mein entsetztes Gesicht sah. Wie ich herauszuhören glaubte, fand er diese Win-win-Situation das Normalste der Welt. Ein reicher Zuhälter als Freund überschritt aber klar meine Komfortzone, was ich mit meinem ungestümen Temperament deutlich zum Ausdruck brachte. Als er mir dann endlich sagte, dass dieser Freund im Gefängnis zum Glauben gefunden hatte und nun als Lastwagenfahrer arbeitete, rief ich fassungslos: «Warum hast du mir das nicht von Anfang an gesagt?»

Monate später und um einige Erfahrungen reicher würde ich erst verstehen, dass *etwas nicht gutheißen* und *etwas verurteilen* nicht das Gleiche ist, und dass *offen sein* nicht bedeutet, dass man alles gut finden muss. Doch nun war es, als hätte jemand den Stecker gezogen. Wortkarg stocherten wir daraufhin in einem italienischen Restaurant in unserer Pasta herum. Wie lange diese Verstimmung angedauert und wie wir uns wiedergefunden hatten, wusste ich später nicht mehr, aber als wir ins Appartement zurückkehrten, waren wir wieder fröhlich und verliebt.

Im späteren Verlauf unserer Beziehung dauerten solche Misstöne jedoch immer länger und hinterließen immer tiefere Furchen ... Doch hier in Florida, in diesen wenigen Tagen unseres ersten Wiedersehens, waren unsere Herzen ganz weit offen füreinander und für all das Neue und Unbekannte des anderen. Wir genossen jeden Moment und lebten im Jetzt. Das war der Schlüssel, der uns später verloren gehen sollte ...

Die Präsidentschaftswahlen 2016 verfolgten wir mit besorgter Zuversicht: Hilary oder Trump. Nur dafür schalteten wir unsere Handys ein. Am Tag vor der Entscheidung ließen wir uns Händchen haltend vor einer Uhr mit dem historischen Datum fotografieren. Verliebt lächelten wir in die Kamera und waren fest davon überzeugt, dass die Kraft unserer Gefühle füreinander die Welt retten würde. Trotzdem wurde Trump gewählt.

Teil 2

Rückblick im Zeitraffer

2020. Vier Jahre später standen wieder die Wahlen in den USA an. Wieder die Hoffnung, dass ein anderer als Trump gewählt würde. Das, wenigstens, ging in Erfüllung.

In unzähligen Mails und Nachrichten, die in ihrer Gesamtlänge wohl die örtliche Distanz zwischen uns übertreffen würden, schickten wir uns Liebesgrüße über den Atlantik, die Nord- und Südsee und die Karibik. Es gab aber auch Rechtfertigungen und endlose Erklärungen, die sich mit den wiederum liebevollen Worten abwechselten; schmerzliche Versuche, das nachzuholen oder zurückzugewinnen, was wir bei unseren insgesamt zehn Begegnungen in San Francisco, der Schweiz, in Italien und Kopenhagen verpasst und schließlich auf einer karibischen Insel endgültig verspielt hatten. So vieles war schiefgelaufen. So viel Schmerz hatten wir einander zugefügt, obwohl wir uns doch liebten ...

Nach dem Bruch im August 2018 konnten wir uns doch nicht loslassen.

Nach Weihnachten telefonierten wir ein letztes Mal. Eigentlich verlief das Gespräch konstruktiv und ließ die Hoffnung zu, dass wir es doch noch einmal miteinander versuchen würden. Er stellte in Aussicht, einen Flug in die Schweiz zu buchen. Ich zögerte und bat um einen Tag Bedenkzeit. Wovor hatte ich Angst? Ich wollte es doch! Aber vielleicht nicht ganz bedingungslos.

Am folgenden Tag sagte er mir, dass der nächste Vertrag früher, schon anfangs Januar, beginnen würde. Das war für ein Wiedersehen in der Schweiz zu knapp und er konnte es sich nicht leisten, auf dieses Angebot zu verzichten.

In den folgenden Wochen waren wir hin- und hergerissen zwischen Liebe und Vernunft. *«Was für eine traurige Situation, in die wir geraten sind, Lucy: So verliebt wir auch sind, und so groß der Wunsch, zusammen zu sein auch ist, wissen wir doch beide, wie unverträglich unsere Egos und unsere Persönlichkeiten offenbar sind. Nein, es gibt keine andere Frau in meinem Leben, und ich will das auch nicht. Obwohl wir kein Paar mehr sind, käme es mir vor, als würde ich dich betrügen, träfe ich mich mit einer anderen Frau. Ich liebe nur dich und versuche zu hoffen … Aber ich weiß nicht, was ich machen soll. Ich würde alles dafür tun, dass es funktioniert.»*

Zwar verstand ich, dass wir kein Paar mehr waren, und unsere Gefühle waren kompliziert. Sollten wir uns nicht doch besser loslassen? Aber wie denn, wenn man sich noch liebt?

Zwischen März und April sah es so aus, als würden wir wieder ganz zueinander finden. Weil ich noch immer alles, was mir wichtig war, mit Roy teilen wollte, schickte ich ihm meine Tagebucheinträge über meinen Besuch bei Olivias Mutter auf Sardinien. Er war sehr berührt: «Lucy, das ist wunderschön, ich danke dir. Du hast so lebendig geschrieben, dass ich beim Lesen auf deiner ganzen Reise bei dir war.»

Die vier Tage auf Sardinien bei Luna waren für mich in jeder Hinsicht bedeutungsvoll und eine inspirierende Bereicherung. Diese wunderbare, über 80-jährige Frau mit der Anmut und der Ausstrahlung eines jungen Mädchens hatte in den letzten drei Jahrzehnten mehrfache Krebserkrankungen überstanden und war auch noch sechs Jahre, nachdem ihr die Ärzte höchstens noch wenige Monate gegeben hatten, so kreativ und lebensfroh, wie ich sonst noch nie jemanden erlebt habe. Mit ihrer Tochter Olivia und immer mehr auch mit Luna selbst verbindet mich eine tiefe Freundschaft, die zum Wertvollsten in meinem Leben gehört.

Sardinien,

Frühling 2019

Die Zugfahrt nach Mailand hat nur gut vier Stunden gedauert. Bis zum Abflug um neun habe ich also noch etwas Zeit, um das Zentrum zu besichtigen. In der Abendsonne erscheint der Dom gleißend weiß und steht in fast irreal wirkendem Kontrast zum tiefblauen Himmel. Ich atme tief ein und richte mich auf, als würde bei diesem Anblick auch mein Lebensraum größer. Ich sauge die Atmosphäre und die Weite dieses Platzes in mich auf; der Alltag scheint schon so weit weg! Amüsiert beobachte ich Touristen, die ihre Selfie-Sticks hochhalten, um vor jedem Hintergrund, der als Beweis ihrer Anwesenheit dient, in die Kamera zu lächeln. Ich muss laut lachen: Soeben habe ich mich selbst bei einem Selfie ertappt! Langsam schlendere ich weiter und sehe mich dann suchend um. Ich schaue auf die Uhr. Zuerst muss ich mich vergewissern, dass ich rechtzeitig zum Flughafen komme. Ein Passant zeigt mir die Bushaltestelle und beruhigt stelle ich fest, dass die Distanz relativ kurz ist und die Busse in hoher Taktfrequenz fahren.

In einer kleinen Bar um die Ecke will ich mit einem Glas Wein meinen kleinen Urlaub einläuten. Der Besitzer des Lokals schenkt mir ein und stellt einen Korb mit typisch sardischem Fladenbrot dazu. Ich freue mich über diesen Zufall und erzähle ihm von meinen Reiseplänen. So erfahre ich, dass er selbst Sarde ist. Nun holt er eine Karte und zeigt mir seinen Heimatort. Wie gut es doch tut, auf Menschen zuzugehen! Während wir unbeschwert plaudern, wünsche ich mir, Roy hätte mich öfter so erlebt.

*

Es ist spät und stockdunkel, als ich am Flughafen von Alghero ankomme, doch ich erledige sicher und schnell den notwendigen administrativen Teil und finde problemlos mein Mietauto auf dem großen Parkplatz. Auch am Steuer und auf der einsamen Landstraße, die mich in 20 Minuten zum Zentrum führt, fühle ich mich erstaunlich wohl. Dort halte ich nur zweimal kurz an, um die Straßennamen in der Dunkelheit zu lesen, schaue auf meiner Karte nach und finde den Ort auf Anhieb. Erfüllt von Dankbarkeit und einem tiefen Glücksgefühl parke ich den Wagen vor dem Haus und steige aus.

Luna begrüßt mich herzlich, aber es ist schon spät. Noch eine Tasse Tee, dann gehen wir ins Bett. Vor dem Einschlafen denke ich noch, wie mich meine Gelassenheit heute problemlos ans Ziel führte und wie ungeschickt ich mich doch damals in den USA im Auto angestellt hatte. Dies, obwohl ich als Beifahrerin wenige Male lediglich die Aufgabe hatte, das Handy zu halten und die Straßennummern zu nennen. Mit meiner unsinnigen Angst vor Technik glaubte ich, bestimmt etwas falsch zu machen, weshalb ich tatsächlich schon damit überfordert war.

Was für einen Unterschied es doch macht, mit sich selbst verbunden und frei von Gedanken zu sein, die uns blockieren!

Mit Roy im Herzen schlafe ich ein.

*

Die Sonne und der Duft nach frischem Kaffee wecken mich. Luna und ich haben einander schon beim Frühstück viel zu erzählen, so fahren wir erst gegen Mittag zu den noch menschenleeren Stränden, wo sich im Sommer wieder Tausende von Touristen unter Sonnenschirmen räkeln werden. Bei Lunas Lieblingsrestaurant, von dem mir auch Olivia schon vorgeschwärmt hat, stehen wir – was voraussehbar war – vor verschlossenen Türen. Ich versuche zu lesen, was auf dem Zettel geschrieben steht. Als ich mich wieder umdrehe, schaut Luna keck zwischen zwei Baumstämmen hervor und lächelt mir entgegen. Fototermin ist nun angesagt. Sie steigt auf einen beinahe bodenebenen Ast, hält sich mit einer Hand am Stamm fest, streckt den anderen Arm in den Himmel und hebt elegant wie eine Kunstturnerin ein Bein in die Luft. Dabei wirkt sie wie ein junges Mädchen. Was für eine wundervolle, erstaunliche Frau, voller Energie und Lebensfreude! Ich staune und knipse. Olivia wird sich freuen, wenn sie ihre Mutter so sieht.

Langsam bekomme ich Hunger, also machen wir uns auf die Suche; irgendein Lokal wird sich doch finden lassen! Zehn Minuten später und fünf Kilometer weiter haben wir Glück: Ein kleines, unscheinbares Restaurant ist geöffnet. Die Spaghetti mit Meeresfrüchten sind lecker; sie schmecken nach Sonne, Meer, nach *Italianità*.

Nach dem Essen wandern wir über die von Wildpflanzen bewachsenen, strandnahen Felsen zu einer kleinen Bucht. Am Sandstrand kräuseln sich die Schaumkronen, die ein leichter Wind unentwegt über das türkisblaue Meer vor sich herschiebt. Für einen kurzen Moment schließe ich die Augen und lausche. Das rhythmische Rauschen der Wellen und der wolkenlose, blaue Himmel verströmen in mir eine wohltuende Ruhe. Mimosen und Ginster leuchten mit der goldenen Sonne um die Wette; die Natur ist gerade im gelben Frühlingskleid erwacht. Wir sind im Paradies.

*

So wundervoll dieser Tag auch war, hat er Luna doch sehr angestrengt, und so machen wir es uns auf den Sofas bequem. In warme Decken gehüllt schauen wir uns am Abend den Film «Klang des Herzens» an, der mich tief berührt. Luna bricht das anschließende Schweigen als erste: «Musik ist überall, sie umgibt uns, sie ist und war schon immer da, man muss sie nur finden.»

«Ja, das glaube ich auch. Wären wir Menschen nicht so abgelenkt von der Hektik des modernen Lebens, könnten wir sie alle hören, so wie der Junge in diesem Film», ergänze ich.

Wie hat Roy das gesagt? «Achtsam sein, wahrnehmen, im Hier und Jetzt. Dann spüren wir, dass wir eins sind mit allem, was ist.» Immer besser verstehe ich, was er damit meinte.

Luna setzt sich ans Klavier und reißt mich damit aus meinen Gedanken. Erstaunt höre ich, wie gut sie spielt. «Warum tust du das so selten?», frage ich fast vorwurfsvoll. «Ach, weißt du, früher spielte ich oft, aber nun fällt es mir nicht mehr so leicht. Ich habe es etwas verlernt.»

«Das ist doch schade! Luna, versprichst du mir, dass du wieder damit anfängst? Zumindest solange ich noch hier bin. Jeden Tag ein bisschen, ja?»

«D'accordo», lächelt sie.

*

Am nächsten Tag besuchen wir Capo Caccia. Oben blau, unten blau. Die Sicht aus über 100 Metern hinunter aufs Wasser ist atemberaubend und lässt uns seine ungeheure Kraft nur erahnen. Den Felsen entlang führt eine Treppe mit 650 Stufen zum Meer hinunter. Was für ein Glück, dass die wunderschöne Tropfsteinhöhle «Grotta di Nettuno» gerade heute, zum ersten Mal nach Saisonende, wieder geöffnet ist und wir uns einer kleinen Touristengruppe anschließen können.

Erfüllt von den Eindrücken dieses Naturwunders müssen wir eine Stunde später alle Stufen wieder hinaufsteigen, doch meine zierliche, 83-jährige Freundin zeigt kaum Anzeichen von Müdigkeit oder überspielt sie elegant damit, dass sie sich ab und zu über die Steinmauer der Treppe lehnt, um in die Weite zu blicken. Oben angekommen stoßen wir auf der Terrasse eines kleinen Restaurants mit einem Glas Prosecco auf unser Erlebnis an. Dann wendet sie ihr Gesicht mit geschlossenen Augen der Sonne zu, während ich meinen Blick über das türkisfarbene Meer schweifen lasse.

Frisch gestärkt von ihrem Nickerchen vertraut sie mir auf der Rückfahrt Familiengeschichten und Erinnerungen an, von denen selbst Olivia nicht alle kennt.

Im Verlauf unserer gemeinsamen Zeit erfahre ich, wie sehr sie ihren Mann geliebt hat, obwohl seine Dominanz sie fast erdrückte, und wie sie sich an ihrem kreativen Schaffen und sozialen Engagement immer wieder aufrichten konnte. Sie spricht von ihren vier Töchtern und erzählt mir von all den Begegnungen mit Menschen, deren Schicksal das ihre gekreuzt und wie sich ihr Leben dadurch verändert hat. Und von ihrer Nahtod-Erfahrung vor fünf Jahren ...

Man verbindet sich mit Menschen, wenn man sich öffnet und das teilt, was man liebt und einem Kraft gibt. Als Luna mir zu Hause einige ihrer Zeichnungen zeigt, fließt diese Energie durch meinen ganzen Körper. Von einem simplen Kassettengerät abgespielt lausche ich später gebannt ihrer melodiösen, weichen Stimme, die eine Geschichte aus ihrer Kindheit erzählt, untermalt von der perfekt dazu passenden Musik. Diese Aufnahme klingt erstaunlich professionell, obwohl sie das alles selbst mit nur einem kleinen Mikrofon aufgenommen hat und die klassische Musik im Hintergrund von einer Kassette stammte. Das Geheimnis liegt wohl darin, dass alles, was sie geschrieben hatte und nun vorlas, aus ihrem tiefsten Herzen kam, mit dem Wunsch, ihrem blinden Freund aus ihrer Kindheit damit ein Geschenk zu machen, denn von ihm handelt diese Geschichte.

Wenn Luna erzählt, ist es so, als würde man eine wunderbare Bibliothek voller Bücher betreten, die das Leben geschrieben hat; man fühlt mit, wird Teil davon. Man taucht ein in die unbeschwerte Fabelwelt ihrer Fantasie; der Ort, an dem sie sich als Kind nicht einsam fühlte. Der Ort, aus dem sie noch heute Kraft und Freude schöpft.

Luna hat mir in diesen Tagen die Energie geschenkt, die ich so dringend gebraucht habe.

Doch kein Zurück?

Zwei Wochen nach meiner Rückkehr verbringe ich ein Wochenende in einem Achtsamkeits-Retreat, von dem ich Roy ebenfalls voller Begeisterung berichte. Noch erfüllt von all diesen Eindrücken versprühe ich positive Energie, und in unserem Chat schreibt er: «*Hey, Lucy, das ist lustig, was du gerade geschrieben hast. Was ist mit dir passiert?*» Endlich erlebt er mich nach langer Zeit wieder einmal so unbeschwert und fröhlich! Vielleicht gibt es doch noch einen Hoffnungsschimmer auf ein Wiedersehen?

*

Ein Schimmer hält der Definition nach nicht sehr lange an ...

War ich zu wenig einsichtig? Insistierte ich zu sehr darauf, dass wir es *beide* besser machen konnten? War ich zu blind in meiner Zuversicht, dass wir einen Weg finden würden? Rückblickend muss ich erkennen, dass er sich mehrmals klar ausgedrückt hat: «*Ich liebe dich, Lucy, aber ich kann in gewissen Situationen nicht so gelassen bleiben, wie ich es mir wünsche. Ich kann damit nicht umgehen, wenn ich das Gefühl habe, mich verteidigen zu müssen und meinen inneren Frieden verliere. Er ist mir wichtiger als alles andere. Du brauchst jemanden, der geduldig ist. Es tut mir leid, dass ich das nicht bin, nicht mehr sein kann.»*

Ich kann und will es wohl nicht verstehen. Immer wieder hin- und hergerissen, schreibe ich widersprüchliche Nachrichten. An einem Tag bin ich bereit, ihn loszulassen: *«Dein Leben ist dort, auf dem Schiff. Es ist unfair von mir, dich zurückzuhalten. Fühle dich nicht mehr gebunden»*, um wenige Tage danach wieder zu schreiben, wie sehr ich ihn vermisse.

«Lucy, das alles ist auch nicht leicht für mich. Aber wir können nicht friedlich zusammen sein. Maybe it's time to move on ...»

Maybe ... Also schreibe ich weiter. Meistens schreibt er zurück. Kurz und freundlich.

Es wird noch lange dauern, bis ich meinen Schreibrhythmus von einem Zwei-Wochen- auf einen Zwei-Monate-Intervall ausdehnen kann.

Zu mir finden

Die Wetter-App verspricht noch eine Stunde klaren Himmel. Also nutze ich diese Zeit, um auch die dunklen Wolken in meinem Inneren fernzuhalten und das Licht zu suchen.

Am Waldrand erhasche ich die ersten Strahlen. Den Kopf zur Sonne gerichtet, bitte ich darum, mich wieder mit meinem ganzen ICH zu verbinden. Dann atme ich tief durch, bevor ich gestärkt weitergehe.

Am Ende des Waldstücks treffe ich eine alte Bekannte und wir wechseln ein paar freundliche Worte. Wie bedeutungsvoll diese kurze Begegnung für mich ist, wird mir später bewusst, als dieser Satz in mir widerhallt: «Ich lerne jetzt Spanisch, um meine grauen Zellen fit zu halten.»

Das Sprachenlernen ist doch genau das, was mir stets leichtgefallen ist und mir Freude bereitet, was mir das Tor zur Welt geöffnet hat! Das sollte ich wieder pflegen, das ist es!

Dieser Gedanke beflügelt mich. Nun sehe und fühle ich plötzlich wieder in mir und um mich herum all die Dinge, die mich erfüllen: Meine Liebe zu Sprachen, zum Schreiben; zu Bildern, die ich male, zu den Skulpturen, die unter meiner Hand entstehen, zum Mohn im Kornfeld und zum Sonnenlicht zwischen den Grashalmen, die sich sanft im Wind wiegen.

All das wird mir in diesem Moment bewusst. Ich blicke über den See, in die Weite. Was für ein Privileg, hier zu leben. Ein Gefühl von Dankbarkeit breitet sich in mir aus und verbindet mich wieder mit mir selbst. Ja, Liebe muss man zuerst in sich selbst spüren, bevor man sie außerhalb finden kann.

Das Gleichnis vom verlorenen Sohn kommt mir in den Sinn. Bekam nicht jener Sohn die Liebe und Geschenke seines Vaters, der seine Talente genutzt und eine Reise ins Ungewisse unternommen hatte im Vertrauen, dass genau *dieser* Weg zum inneren Reichtum führt? Sein Bruder hingegen hatte die seinen vergraben und gehütet aus Angst, diese und damit die Liebe seines Vaters zu verlieren. Was für ein Irrtum, verlor er doch gerade dadurch sich selbst!

Ich will meine Talente nicht vergraben, ich will sie nutzen … Irgendwo habe ich doch einmal gelesen: *«Statt ständig nach dem fehlenden Puzzleteil zu suchen oder ihm nachzutrauern, gibt es nur einen Weg: Im Hier und Jetzt zu leben.»*

Diese Einsicht erfüllt mich mit Freude und gibt mir die Kraft, Ziele zu setzen: Das erste ist ein Italienischdiplom.

Inzwischen bin ich bei den ersten Villen am Dorfrand angekommen. Da fällt mein Blick auf ein vierblättriges Kleeblatt – und noch eins, nein, noch zwei!

Mit einer Handvoll Glück kehre ich nach Hause zurück.

Loslassen – wie denn?

Sommer 2019

Wenn mich jemand fragt, wie es mir geht, ist meine Antwort meistens: «Grundsätzlich gut», denn mir ist bewusst, wie privilegiert ich leben darf, doch mein Gemütszustand ist nicht sehr stabil. Noch immer bin ich zwischen Akzeptieren und Hoffen hin- und hergerissen. Mal will ich loslassen, dann versuche ich wieder zu kämpfen.

Inzwischen nehme ich in einer kleinen Gruppe Gesangsunterricht und besuche auch eine Yogaklasse. Beides tut mir gut. Vor allem die Atem-Technik ist wichtig für mich, denn ich tendiere zu Asthma, wie mein Hausarzt festgestellt hat. Da ich meistens problemlos in der Lage bin, mit dem Velo den Hügel hochzufahren, scheint der Druck in meiner Brust jedoch nicht besorgniserregend zu sein. Meine Frage, ob der Grund dafür mein gebrochenes Herz sein könnte, beantwortet der Arzt mit einem nüchternen: «Ja, das ist gut möglich. Asthma steht oft auch im Zusammenhang mit der Psyche.» Zur Sicherheit verweist er mich für weitere Abklärungen an einen Spezialisten. Auch dieser findet nichts Konkretes. «Nicht-eosinophiles Asthma bronchiale» lautet seine Diagnose. Sie klingt interessanter, als sie ist und bedeutet so viel wie: Unbekannte Ursache für undefinierbare Beschwerden.

Auf meinen Radtouren spüre ich dieses Engegefühl nie. Die Bewegung gibt meinem Körper und meiner Seele Kraft und lässt mich die Natur mit allen Sinnen erleben. Bewusst nehme ich die Freiheit wahr, die sich mir auf diese Weise bietet. Ich entdecke neue Regionen und kann fahren, wohin ich will. Und sollte der Rückweg mal zu lang sein, gibt es immer irgendwo einen Bahnhof, sodass ich auf den Zug umsteigen könnte.

Aber für Mayas Geburtstag habe ich am Bodensee zwei Elektrobikes gemietet, da sie in Betracht gezogen hat, eins zu kaufen und es deshalb zuerst ausprobieren will. Ich auch, wenn auch aus anderen Gründen: Im Hinterkopf habe ich den Gedanken, dass ein E-Bike für Roy eine Möglichkeit wäre, mit mir Radausflüge zu unternehmen, falls doch ein Wunder geschehen und er zu mir in die Schweiz kommen würde. Lange Touren ist er nicht gewohnt und ein normales Rad ist nur schon deshalb zu anstrengend. Doch wie gern würde ich das mit ihm teilen! Ich reiße mich aus diesen Gedanken und schüttle tief seufzend den Kopf über mich selbst: Wann werde ich endlich aufhören, an diese unmögliche Liebe zu glauben?

Zum Glück bekommt Maya von all dem nichts mit und bald hat sie mich mit ihrer Freude an diesem neuen Fahrgefühl angesteckt. Es ist, als würde jemand schieben. Auch mir macht es Spaß, ohne große Anstrengung durch die hüglige Landschaft zu radeln. Auf der Terrasse eines kleinen Restaurants genießen wir bei einem Bier den freien Blick auf die mit Netzen bespannten Obstplantagen, auf reife Kornfelder und Blumenwiesen, die das diesseitige Seeufer säumen.

Nach einem abschließenden Bad im See fahren wir zurück zum Bahnhof, an dem wir die Bikes pünktlich abgeben können. Der Intercity steht schon bereit. Zufrieden lehnen wir uns in den Sitzen zurück; die Tour war zwar nicht anstrengend, doch so ein ganzer Tag an der Sonne macht müde.

Während Maya vor sich hindöst, beschäftige ich mich mit meinem Handy und sehe auf Roys Routenplan, dass sein Schiff anfangs August wieder in Nordeuropa auslaufen wird: Genau an dem Tag, an dem die Schule nach meinen Sommerferien wieder beginnt. Das verunmöglicht mir einen kurzen Abstecher nach Kopenhagen, der mir seit einigen Tagen im Kopf herumschwirrt. Schicksal? Ich sehe, dass Roy online ist, und schreibe: «Gutes/schlechtes Timing, oder?»

Er tippt, hält inne, tippt wieder. Seine Antwort kommt zögerlich: «Ja, gutes/schlechtes Timing. Es macht eine potenziell schwierige Entscheidung einfacher.»

Das versetzt mir einen Stich ins Herz. Doch im Grunde weiß ich ja, dass er diese schon vor langer Zeit getroffen hat, trotz seiner Zeilen eine Woche zuvor:

«Danke, Lucy, für deine guten Wünsche für meine nächste Kreuzfahrt. Du sollst wissen, dass es keinen Tag gibt, an dem ich nicht an dich denke, und dass ich dich liebe.»

*

Ab Herbst wird unser Kontakt noch seltener, aber ich spüre in seinen Antworten immer wieder, dass auch er mich noch liebt. Warum also soll ein Wiedersehen, eine neue Chance nicht möglich sein? Diese Frage, Selbstvorwürfe und die Sehnsucht nach ihm zerreißen mich manchmal derart, dass mein Körper immer heftiger reagiert: Zu diesem ständigen Druck in der Brust und dem Gefühl, nicht atmen zu können, kommen nun Rückenschmerzen hinzu, wie ich sie früher nie gekannt habe. Schlagartig wird mir klar, dass ich meine Gesundheit nicht länger gefährden darf. Ich habe meinem inneren Kind mein Wort gegeben, dass ich es beschützen werde. Dieses Versprechen will und muss ich halten. Ich schreibe diese Gedanken und meine Gefühle nieder. Nach und nach kehrt in meinem Herzen wieder Ruhe ein, doch Roy ist bestürzt, als er meine Zeilen liest.

«Ich realisiere erst jetzt, in welchem Maß ich dich verletzt habe, und es tut mir so unendlich leid, dass ich dir so viel Schmerz verursacht habe.»

Unsere Abschiedsbriefe sind liebevoll und herzzerreißend. Voller Einsichten und Verständnis schreibe ich:

«... Wir wissen beide, dass es viel einfacher wäre, wenn du mit einer Amerikanerin zusammen wärst, statt an einer konfliktreichen Beziehung jenseits des Ozeans rumzuflicken. Dein Leben ist dort, auf dem Schiff. Fühl dich nicht mehr gebunden, Roy ...»

«Lucy, es tut mir so leid, dass ich dich mit so viel Schmerz zurücklasse. Aber wir haben es so oft versucht. Aus irgendeinem Grund haben wir gegenseitig das Schlechteste in uns herausgeholt. So sehr wir uns auch lieben: Wir sind einfach nicht kompatibel. Aber ich gehe als besserer Mensch aus dieser Beziehung. Du bist ein wundervoller Mensch. Von dir habe ich so viel über mich selbst gelernt und ich habe entdeckt, was es heißt, jemanden wirklich zu lieben, für immer, auch wenn wir nicht zusammen sein können.»

Ich habe extra nachgefragt, wen er damit meint. *«Ich meine damit nur dich, Lucy.»*

Dieser Satz hat sich in mein Herz eingebrannt, er ist wie ein Versprechen. Nicht, dass er zurückkommen wird. Aber dass er mich immer lieben wird. Also bleibt eine kleine Hoffnung. Wie soll ich diese jemals loslassen können?

Trauer als Inspiration: Song

Beim Spazieren in der Natur fühle ich die Sehnsucht nach ihm oft am stärksten. Ich bin hin- und hergerissen zwischen Trauer und liebevollen Gedanken; zwischen Schuldgefühlen, Reue und Einsichten. Akzeptieren, hoffen, Schmerz. In mir leise Lieder ... Jene, die wir oft zusammen gesungen haben: «You've Got a Friend», «Will You Still Love Me Tomorrow» ... Das Rauschen des Baches, dessen Lauf ich folge, übertönt meine Stimme. Trotzdem werfe ich immer zuerst einen Blick zurück, um sicherzugehen, dass mich niemand hört.

Wieder einmal bin ich unterwegs und singe zaghaft meine Gedanken und meine Trauer vor mich hin. Plötzlich reimen sich die Worte. Eine unerwartete Energie durchströmt mich und eine Vision: Ein Lied, ein Lied für Roy! Die Worte fliegen mir nun zu. Schon oft hatte ich Ideen, die aber genauso schnell verlorengingen, wie sie gekommen waren. Diese hier darf ich nicht vergessen. Aufgeregt renne ich zurück nach Hause.

Die Zeilen schreiben sich wie von selbst:

Look at myself

Verse 1: Whether it ends or begins
I hold my head straight up in the winds
Going further on my way
and ... wherever I stay
this is always in my mind:
Where is true happiness to find?

So now ... now I have to look

Chorus: Look at myself: What do I want?
Where is my place, where is the hand
that is holding me when I feel lonely
lifting me up ... oh, if only
there was this someone for me
to share my life, to share my true me

So now ... now I have to look

Verse 2: When the audience is gone
after work, I go home alone
Maybe read a book, eat a bite
not much glamour left – I have to fight
the empty dark ... but after a while
I look in the mirror, searching my smile:

Yes now, now I have to look

Look at myself: What do I want?
Where is my place, where is the hand
that is holding me when I feel lonely
lifting me up … oh, if only
there was this someone for me
to share my life, to share my true me

Bridge: Look: There is an aim that gives me wings
Listen: There's a song somebody sings
Breaking down my inner wall
getting to light, living it all
Cause I'm the someone, the true me
I'm the one I want to be!
Touching my soul, my inside love
and the fire of life here and above

Verse 3: Look at myself: I know what I want
Reaching out for the guiding hand
that I feel through love deep inside my soul
feeding my heart from its full bowl
Connecting me with my true me
Look at me now: I am to be – the true loving me.

Ich male mir aus, wie Roy diesen Song mit seinem Lieblingspianisten Jonny spielen und damit Erfolg haben würde. Diese Vorstellung gibt mir eine unglaubliche Kraft, aber noch ist es nur ein Gedicht.

Mein erster Impuls ist es, Jonny den Text zu schicken und ihn zu bitten, ihn zu vertonen. Was mich davon abhält, ist nicht nur die Tatsache, dass ich ihn gar nicht persönlich kenne. Roy würde nicht wollen, dass ich hinter seinem Rücken seine Freunde kontaktiere.

Also frage ich meine Gesangslehrerin. Sie ist bereit, «mal einfach über den Text zu *jammen*», wie sie das nennt. Mehr Aufwand als das müsste sie mir verrechnen. «Super, *drüber jammen* ist genug, das ist gut! Ich brauche nur eine Basis, muss es einfach mal gesungen hören, das reicht mir.»

Eine Woche später schickt sie mir ihre Version. Mit gemischten Gefühlen höre ich sie mir an. Einige Passagen finde ich cool und ihre Stimme klingt jazzig – das soll es ja auch sein – aber für meinen Text klingt alles zu rau. So habe ich es mir nicht vorgestellt. Nein. Das ist nicht mein Song.

Da kommt mir plötzlich meine Freundin Marie in den Sinn: Sie weiß, wie man komponiert, denn um das zu lernen, hat sie über längere Zeit bei einem professionellen Musiker Privatstunden genommen. Ich kann es kaum erwarten, sie zu fragen.

Zu meiner Freude teilt sie meine Begeisterung für dieses Projekt: «Lucy, das mache ich gerne, auf jeden

Fall. Mit Jazz oder Pop habe ich allerdings keinerlei Erfahrung, das weißt du. Mein Genre ist die klassische Musik.»

«Egal. Marie, ich brauche einfach eine Melodie dazu. Arrangieren kann es dann Jonny, oder wer auch immer.»

Keine Sekunde zweifle ich daran, dass Roy sich über mein Geschenk freuen wird. Meine Vision ist wie ein Zaubertrank, der mich berauscht und mit neuer Energie erfüllt.

Ende 2019 präsentiert mir Marie ihre Klavierversion. Sie ist wunderschön und rührt mich zu Tränen. Aber ich kann mit dem Text ihrer Melodie nicht wirklich folgen und vor allem bin ich nicht in der Lage, dieses Stück in einer Jazz-Interpretation zu singen. Nach langem Überlegen komme ich zur Einsicht, dass ich ohne eigene Kenntnisse in Musiktheorie kaum weiterkommen werde. So entschließe ich mich, Roy die Melodie und den Text separat zu schicken. Ich kann und will nicht länger warten.

Darauf, dass der Song ein Geschenk für ihn ist und dass ich hoffte, er würde ihn arrangieren und singen, geht er gar nicht ein. Er meint nur: *«Sehr schön. Wer hat da Klavier gespielt? Wirklich gut. Und dein Gedicht ist wunderschön, Lucy.»*

Er wird nie erfahren, mit wie viel Herzblut ich es geschrieben habe. Er will es gar nicht wissen. Ich bin ihm gleichgültig. Er ... Da erinnere ich mich plötzlich an etwas, das er oft gesagt hat und ich damals nicht verstand: «Unsere Gedanken und Erwartungen sind nicht die Wirklichkeit, sie sind nur das Konstrukt unseres Egos. Interpretiere nicht, erzähle dir nicht selbst Geschichten davon, was und wie andere fühlen oder denken.»

Teil 3

Klartext

Auch eineinhalb Jahre nach unserer letzten Begegnung denke ich noch täglich an Roy; seit seinem letzten «Ich liebe dich auch» auf meins am 1. Januar 2020 sind bereits wieder zwei Monate vergangen. Es war ein «I love you too». Das kann im Amerikanischen vieles bedeuten, da mache ich mir keine Illusionen. Und doch ...

Inzwischen habe ich es immerhin geschafft, den Abstand zwischen meinen Nachrichten an ihn auszudehnen. Erst zu seinem Geburtstag schicke ich ihm Glückwünsche mit der Fußnote: *«Ich würde dich gerne anrufen und deine Stimme hören, wage es jedoch nicht, da du mich offensichtlich nicht mehr in deinem Leben haben willst.»*

Seine Antwort ist eine klare Aussage. Und sie tut so weh:

«Ich danke dir herzlich, Lucy. Es ist nicht so, dass ich dich nicht in meinem Leben will. Wahrscheinlich vergeht noch immer kein Tag, an dem ich nicht an dich denke. Leider spüre ich dabei vor allem Schmerz. Nicht, weil wir einander so viel Schmerz und Leid zugefügt haben, sondern weil ich mir – mehr als alles andere – wünsche, dass dein Leben glücklich und erfüllt ist.

Und ich will, dass du akzeptierst, dass wir beide einfach nicht gut füreinander sind, obwohl die Liebe, die wir teilten, unvergesslich ist und für immer sein wird. Ich will, dass du akzeptierst, dass das Leben zu kurz und zu kostbar ist, um es mit ungesunden Diskussionen zu verbringen. Und ich möchte, dass du Akzeptanz lernst; nicht nur dafür, sondern generell. Mein heutiger Geburtstagswunsch ist, dass du glücklich und in Frieden mit dir selbst bist, Lucy. Jetzt und für immer.

Nochmals danke für alles. Wir haben beide noch viel über das Leben und uns selbst zu lernen. Sei nicht streng mit dir, Lucy. Du bist eine wundervolle, liebevolle Seele. Es liegt nicht an dir. Es ist die Kombination aus uns beiden.»

Schuldgefühle und Einsichten

Wer ist denn dieser Roy, den ich nicht loslassen kann?

Seine Ausstrahlung hat nicht nur mich in seinen Bann gezogen. Die Menschen, denen er begegnet, mögen ihn auf Anhieb. Auf den Kreuzfahrtschiffen überall auf der Welt vertrauen ihm sowohl Crewmitglieder als auch Passagiere ihre persönlichsten Geheimnisse an, denn er ist ein aufmerksamer, einfühlsamer Zuhörer.

Zu Beginn unserer Beziehung erzählten wir einander auch von unserem Leben. Wann und wie ging das verloren?

Die Schuldgefühle, die ich bei dieser Frage empfinde, schnüren mir den Hals zu. Wie konnte ich nur? Ich sehe meinen demonstrativ gleichgültigen Gesichtsausdruck noch vor mir, als er mir von seinen Begegnungen mit Berühmtheiten aus dem Showbiz erzählte; wie ihm einmal bei einer Tankstelle der damalige Schlagzeuger von Micheal Jackson über den Weg gelaufen war; von seinem Smalltalk mit Paul McCartney und Dustin Hoffman an einer Party, in die er sich bei einer unerwarteten Gelegenheit mit einem cleveren Trick eingeschlichen hatte.

Warum habe ich ihm denn nicht einfach das Gefühl gegönnt, mich beeindrucken zu können?

Als schwarzer Amerikaner hatte er von klein auf lernen müssen, Chancen aufzuspüren, Gelegenheiten zu nutzen. Wie in einem Fluss war er von einem Stein zum anderen gesprungen und hatte seinen Weg gefunden. Was er geschafft hat, ist bewundernswert. Warum gab ich mich denn so, als täte ich das nicht? Wollte ich ihm mit meiner betonten Gleichgültigkeit zeigen, dass ich mich von «name-dropping» und der «rich-men's-world» nicht beeindrucken lasse, weil ich selbst ja so *bescheiden* und *korrekt* bin?

Verdammtes Moralisieren ...

Doch, ich kann auch anders. Mir kommt ein Abendessen mit Elsa in den Sinn, als ich mich beim Thema Arbeit unerwartet kritisch äußerte und sogar mit theatralisch klagender Stimme meine Kolleginnen imitierte: «Ach, wir bekommen einfach zu wenig Wertschätzung.»

«Weißt du, Elsa», rief ich energisch aus, «ich mag dieses Gejammer und Lästern nicht mehr hören. Sie stacheln sich gegenseitig an und merken nicht einmal, dass sie es sind, die damit die Atmosphäre an der Parmondo-Schule vergiften. Sollen sie doch endlich mal sachlich das Gespräch mit den Verantwortlichen suchen, statt hintenrum zu meckern!»

«Lucy! Ich erkenne dich kaum! Du schimpfst, du kritisierst!», frohlockte Elsa. «Schön, dass du mal nicht immer nur alle in Schutz nimmst. So gefällst du mir!»

Dass sie mich selten so gern hatte wie gerade in diesem Moment, in dem ich für einmal kein Gutmensch war, gibt mir zu denken. Auch die Szene an einem Sommerabend vor zehn Jahren mit meiner Tochter taucht nun in meiner Erinnerung auf:

Es hatte doch so gut begonnen ... Wir genossen beide unser angeregtes Gespräch, bis sie mir von der Uni erzählen wollte: «Die Professorin ist eine blöde Kuh – so unfair! Weißt du, Mama, was sie gemacht hat? Sie hat mich einfach hängen lassen und gesagt, ich ...»

Reflexartig unterbrach ich sie: «Sie hat es sicher nicht böse gemeint. Vielleicht wollte sie nur ...» Weiter kam ich nicht, denn Nicole brauste auf: «Mutter! Kannst du nicht einmal, ein einziges Mal auf meiner Seite sein und nicht immer alle verteidigen!?»

Ich weiß es; es stimmt. Und doch passiert es immer wieder. Sogar bei Roy, oder gerade bei ihm, als er mir von einem Konflikt mit seiner Exfrau erzählte: «Vielleicht meinte sie das gar nicht so, bestimmt wollte sie nur ...»

Immer nehme ich automatisch die Position des vermeintlich Schwächeren ein. Schon damals, wenn ich als Kind über meine Mutter schimpfte und mich mein Gegenüber mit ebenso negativen Bemerkungen gegen sie bestärken wollte, wechselte ich sofort in die Rolle der Verteidigerin.

Warum ist das so stark in mir verankert?

Gewaltfreie Kommunikation

Eben habe ich Brians Facebook-Post *«embrace hate»* mit *«wie wär's mit embrace challenges?»* kommentiert.

Seine Reaktion lässt nicht lange auf sich warten: *«Ich habe das so gepostet, weil Hass eine mächtige Energie ist. Wenn du meine Botschaft richtig verstanden hättest, Lucy, würdest du auch mein Movement verstehen. Deine Art, wie du Botschaften rüberbringst, ist anders als meine. Deine Lebenserfahrungen auch. Denk daran, bevor du etwas postest.»*

Ich hatte Brian, einen Rapper aus New York, vor sechs Jahren in einer meiner Klassen kennengelernt. Eines Tages rief er mich an, weil er an einem Eltern-Nachmittag im Kindergarten seiner Tochter helfen sollte, mit «Ausstech-Förmli» Ornamente in Rüben zu schnitzen, und nicht verstand, was er mitnehmen sollte. Das fand ich süß; ich wusste schon von Anfang an, wie viel ihm die Kleine bedeutet. Als er damals von der Schwangerschaft seiner Ex-Freundin erfahren hatte, hatte er sich entschieden, in der Schweiz zu bleiben; das Kind sollte nicht, wie er selbst, ohne Vater aufwachsen müssen. Seit der Kindergartengeschichte seiner Tochter bin ich seine Anlaufstelle, wenn er Fragen hat und beispielsweise Briefe von Behörden nicht versteht.

Er erzählt mir Persönliches, weil er mir vertraut. Im Laufe unserer Bekanntschaft sind auch die einen oder anderen Gesteinsbrocken vom Weg seiner Kindheit an die Oberfläche gedrungen; aber was weiß ich schon wirklich von ihm und seinem Leben, dass ich mir anmaße, ihn zurechtzuweisen?

Es lässt mir keine Ruhe, ich will das in Ordnung bringen und mich entschuldigen. Im Badezimmer finde ich die Brille, in der Küche das Handy. Ich überlege kurz und versuche dann, meine Sprachnachricht kurz und locker zu formulieren:

«Hey, Brian, ich glaube schon, dass ich deinen Post richtig verstanden habe. Hass ist zweifellos eine ungeheure Kraft. Deshalb meinte ich mit meiner Bemerkung: Nutze diese Kraft positiv. Aber wenn du möchtest, kann ich meinen Kommentar auf FB wieder löschen.»

Seine Antwort kommt umgehend: «Hey, Lucy. Du brauchst nichts zu löschen. Aber denk daran: Ich bin ein 44-jähriger Mann. Du musst mir nicht sagen, was und wie ich etwas schreiben soll, du musst mich nicht erziehen.»

Autsch! Der letzte Satz trifft mich an einem wunden Punkt. Ich denke an meinen Sohn; der Satz hätte von ihm sein können. Und ich weiß, dass Brian recht hat. Wenn ich mir gegenüber ehrlich sein will, hat mein Facebook-Kommentar nämlich durchaus eine gewollt moralisierende

Note. Warum kann ich es manchmal nicht einfach lassen?

Ich denke nach. Nein, es geht mir nicht darum, recht zu haben. Auch damals Roy gegenüber nicht. In diesem Punkt hat er mich oft missverstanden. So absurd es mir auch selbst erscheint, aber es tut mir weh, wenn jemand in Dingen, die mir wichtig sind, anders denkt als ich. Am ausgeprägtesten empfinde ich das so bei Menschen, die mir nahestehen, wie meine Kinder oder Roy.

Ich denke an Roys Geburtstagswunsch: *«Ich möchte, dass du Akzeptanz lernst, generell ...»*

Ist es doch mein Ego, das Angst davor hat, vertraute Denkmuster loszulassen?

Im Buch «New Earth» steht, dass sich das Ego auflöst, wenn man sich dessen bewusst ist. Warum ist es denn so schwer, aus diesem Muster auszubrechen, obwohl ich es erkenne?

Gerade bin ich dabei, mich selbst zu verurteilen, als etwas in mir «Stopp!» ruft. «Du brauchst dich nicht immer zu entschuldigen, du darfst deine Meinung äußern. Lerne, die richtigen Worte dafür zu finden.»

Ich seufze. Die Begegnung mit Roy hat so vieles in mir ausgelöst. Es ist, als würde sich ein Nebel langsam lichten. Aber zunehmendes Bewusstsein lässt einen auch die eigenen Schwächen besser erkennen, während man gleichzeitig lernen muss, liebevoll mit sich selbst umzugehen. Nicht zu verurteilen. Niemanden. Auch sich selbst nicht. Dorthin zu kommen, ist ein langer Weg. Ich bin wohl noch weit davon entfernt.

Mein Blick fällt auf das Buch «Gewaltfreie Kommunikation» von Marshall B. Rosenberg, das seit gestern Abend wieder auf meinem Nachttisch liegt. Ich habe angefangen, es zum zweiten Mal zu lesen. Dabei wird mir wiederum schmerzlich klar, dass vieles mit Roy anders gelaufen wäre, hätte ich all das schon damals gewusst: Ohne zu werten Situationen und die eigenen Gefühle und Bedürfnisse zuerst wahrnehmen; dann ohne Vorwurf so formulieren, dass sie nicht als Forderung oder Angriff verstanden werden, sondern als konstruktive Bitte mit dem Ziel, sich gegenseitig das Leben schöner zu gestalten. So einfach und klar. Aber verstehen ist nicht dasselbe wie umsetzen.

Mit einem Seufzer atme ich tief ein und wieder aus und versuche auf diese Weise, mich wenigstens von einem Teil des Drucks auf meinem Herzen zu befreien.

Ich denke an Roy; an das, was ihm so wichtig ist und ich erst jetzt verstehe, da mir das Leben Aufgaben dazu gibt; an das Buch, das ich seinetwegen gelesen habe und dessen Wahrheiten ich erst nach und nach erfassen kann. Ich denke daran, wie wir damals in Florida zusammen Videos mit Reden seiner

Vorbilder anschauten; wie er mich Meditieren lehrte und wie glücklich ihn das machte – und daran, wie verletzend es für ihn gewesen sein muss, als ich ihm einige Monate später schrieb: «Ich brauche keinen spirituellen Lehrer.» Heute weiß ich, dass Roy für mich dieser Lehrer war, wenn auch nicht im traditionellen Sinn. Er hat mich auf diesen Weg geführt, der inzwischen auch für mich wichtig geworden ist. Meditation hat nun einen festen Platz in meinem Leben.

Was es heißt, sich selbst zu lieben

Ich nehme heute Alltagssituationen bewusster wahr und sehe darin den Kern, den Roy gepflanzt hat, und was im Verlaufe der Zeit daraus gewachsen ist. Ich verstehe, wie essenziell es ist, sich selbst zu lieben, und wie schwierig es doch manchmal ist. Selbstliebe wird oft falsch interpretiert, wird mit Egoismus verwechselt. Was sie nicht ist, beginne ich nach und nach zu begreifen. Doch was bedeutet sie denn wirklich? Wie fühlt es sich an, sich selbst zu lieben und zu verzeihen? Ich weiß nur, dass ich zu beidem noch nicht wirklich in der Lage bin.

*

An diesem sonnigen Frühlingstag 2020 besucht mich Olivia zum ersten Mal seit Beginn des Lockdowns. «Schau, Lucy, das ist für dich. Die hat eine Tai-Chi-Schülerin von mir genäht.» Sie streckt mir eine Stoffmaske entgegen. Uns mit Maske zu sehen, ist sehr befremdend. «Wir sehen aus wie Schnabeltiere!» Dieser Vergleich bringt uns beide zum Lachen und wir amüsieren uns daraufhin mit Selfies.

Auf dem gemeinsamen Spaziergang verzichten wir aber weitgehend darauf und genießen das Licht, die Farben und Düfte des Frühlings. Das leuchtende Gelb der blühenden Rapsfelder wirkt vor dem tiefblauen Himmel noch intensiver und blendet uns fast.

Wir gehen meist schweigend nebeneinander dem Waldrand und saftig grünen Wiesen entlang, jede versunken in ihre eigenen Eindrücke. Nur ab und zu bekunden wir unsere Freude und teilen unsere Empfindungen.

So erzähle ich Olivia von meinen Gefühlsschwankungen erst, als wir wieder zu Hause sind. Aufmerksam hört sie mir zu. Ich spreche von meinen Selbstvorwürfen und meiner Suche danach, was «sich selbst lieben» bedeutet. Nach kurzem Überlegen sagt sie:

«Du erinnerst dich, Lucy, dass es eine Zeit gab, in der mir meine beiden Töchter große Sorgen und viel Schmerz verursachten. Aber es gab keine Sekunde in meinem Leben, in der ich es für notwendig gehalten habe, meinen Töchtern irgendetwas zu verzeihen. Denn es gibt nichts zu verzeihen! Was geschehen ist, ist Vergangenheit, es ist vorbei. Und wir sind hier, im Jetzt. Deshalb, Lucy, sag nicht, du musst lernen, dir zu verzeihen. Lerne, dich zu lieben! Sprich mit dir selbst so, wie du es mit deinen Kindern in dieser Situation tun würdest: Ich sehe dich, und ich sehe, wie du wegen deinen Schuldgefühlen leidest. Quäle dich nicht mehr mit Selbstvorwürfen, es ist vorbei. Jetzt ist die Chance, es besser zu machen. Und sieh, wo du heute stehst, wie weit dich das alles gebracht hat. Dann nimm diese Lucy in den Arm, sei liebevoll zu ihr – zu dir!» Olivias Worte finden in mir Resonanz. Es ist, als würde sich eine Blütenknospe in mir langsam öffnen und mir einen Blick auf ihre innere Schönheit gewähren.

Wunden aus der Kindheit, die noch immer Macht auf die Gegenwart haben, müssen verheilen. Die Stimme aus der Vergangenheit: «Du bist nicht wichtig, du bist nicht gut.» Nun will ich der kleinen Lucy zeigen, dass sie liebenswert ist. Dann wird sie nicht mehr aufbrausen, weil sie nicht daran glaubt, dass man es gut mit ihr meint.

Nur, wenn ich mich selbst liebe, werde ich wirklich von ganzem Herzen geben und Liebe von anderen annehmen können.

Als ich an diesem Abend meditiere, sind die Themen Vergebung und Loslassen und die Wunden des Kindes, das in jedem von uns steckt. Als Oprah zu sprechen beginnt, bricht so viel Trauer aus mir heraus, dass ich die Meditation unterbrechen muss, um Taschentücher zu holen. Es tut gut, den Tränen freien Lauf zu lassen. Ich schnäuze ein paar Mal, trockne mir die Augen und stecke mir die Kopfhörer wieder in die Ohren. Auch Chopras Worte sinken tief in mein Herz und seine beruhigende Stimme bringt mich zurück ins Jetzt.

*

Es passiert sehr oft, dass ich bei diesem Meditationsprogramm starke Emotionen spüre; es berührt mich in einer Art und Weise, die ich nicht klar einordnen kann. Sind es Tränen der Freude oder der Trauer? Ich weiß nur, dass sie aus der Tiefe kommen. Offenbar ist in meinem Innern ein Eisberg am Schmelzen.

Lernfeld Maya

Maya und ich sind seit anfangs Lockdown im Frühling 2020 oft zusammen. Wir sind beide auch ohne Test überzeugt davon, dass wir Covid bereits hinter uns haben und deshalb keine Gefahr füreinander sind. Wenige Wochen zuvor hatte ich eine schwere Grippe und fühlte mich auch danach längere Zeit noch oft kraftlos, während sie gerade ihre Antibiotika gegen eine doppelte Lungenentzündung hat absetzen können. Da wir nicht weit voneinander entfernt wohnen, essen wir oft gemeinsam bei ihr, denn sie besitzt ein großes Haus mit Garten und zwei Terrassen mit Blick auf den See, lebt dort jedoch allein.

«Maya, ich genieße es hier sehr, aber willst du nicht auch einmal zu mir kommen? Ich habe langsam ein schlechtes Gewissen, wenn immer du mich einlädst.»

«Ach was! Hier ist es doch viel schöner. Du kannst mich dann im Winter wieder bekochen», wehrt sie jeweils meine Bedenken ab. Es stimmt schon, was sie sagt. Meine Wohnung, die ich mit meinen beiden Katzen teile, ist natürlich kein Vergleich zu dem, was sie zu bieten hat. Mit einem wohligen Seufzer mache ich es mir auf einem Gartenstuhl bequem.

«Nun ja, dann machen wir das so. Statt dich hier allein zu fühlen, teilst du mit mir dein schönes Zuhause und kannst es in Gesellschaft umso mehr genießen – ich natürlich erst recht.»

«Genau. So haben wir doch beide etwas davon», lacht sie mit einem Augenzwinkern.

*

Wenn die Pflanzenwelt mit jener unbändigen Lebenskraft erwacht, die mit jeder sich öffnenden Knospe den Wald in ein zartgrünes Gewand hüllt, empfinde ich große Lust zu malen. Ein Foto, das ich am Vormittag geknipst habe, dient mir nun als Vorlage, während ich voll konzentriert die Farben auf die Leinwand bringe. Es erfüllt mich mit Freude, dass es mir gelingt, diese besondere Perspektive auf die Baumkronen, die sich vom hellen Blau des Himmels abheben, festzuhalten.

In der Natur spüre ich eine tiefe Verbundenheit mit allem, was ist. Kleine Keimlinge, die sich aus einem Astloch wagen, das fleißige Schaffen der Waldameisen oder der Hochzeitsausflug eines Entenpaares bachaufwärts rühren mich. Manchmal streiche ich liebevoll mit der Hand über herabhängende Äste oder saftig grünes Gras, ich blicke zu den Baumkronen hoch und habe dabei das Gefühl, die Waldriesen würden auf mich herunterschauen, nicht ich zu ihnen rauf. Das Plätschern und Rauschen des Baches, dessen Lauf ich gern folge, übertönen meine Stimme, wenn ich versuche, meine Emotionen und Gedanken in Liedern auszudrücken. Diese Momente machen mich glücklich; dann bin ich bei mir; ausgeglichen und in Frieden mit mir selbst.

*

Die täglichen Spaziergänge mit Maya sind mir anfangs willkommen, denn Einsamkeit ist auch für mich ein langsam aufkeimendes Gefühl, dem ich nicht nachgeben will. Doch oft fehlt mir die Ruhe in der Natur, wenn meine Freundin mir von Nachbarn, Bekannten und sonstigen Leuten und deren Hauskäufen, Ausbildungen oder Krankheiten erzählt. Dann merke ich, wie ich mich innerlich zurückziehe. Ab und zu mache ich Maya unterwegs auf einen Vogel oder eine Blume aufmerksam, aber nach kurzem Innehalten plaudert sie unbekümmert weiter, während ich zusehends einsilbiger darauf eingehe. Immer öfter nehme ich nur noch dann mit echtem Interesse Anteil, wenn sie über ihre Töchter spricht, denn diese kenne ich und ich mag beide sehr gern.

Nach einigen Wochen stelle ich beunruhigt fest, dass sich in meinem Innern eine Wand gebildet hat, doch ich habe nicht den Mut, ihr die Wahrheit zu sagen. Stattdessen wächst die Enttäuschung über mich selbst, dass ich offenbar immer noch Mühe damit habe, mit negativen Gefühlen umzugehen.

Einmal erzählt sie mir von einem Projekt, das Florentina, die jüngere Tochter, mit einer Freundin gestartet hat. «Toll!» Ich freue mich ehrlich für sie. «Hoffen wir, dass es klappt. Ich weiß zwar nicht genau, was ich mir darunter vorstellen soll, aber ich wünsche es den Mädels von Herzen, dass was daraus wird.»

«Ich schick dir den Link, dann verstehst du es schon.»

Als am Abend der Link per WhatsApp eintrifft, überfliege ich diesen nur kurz. Hauptsache, sie selbst haben Freude daran und Erfolg damit, denke ich und klinke mich aus. Dieses Projekt ist einige Wochen später bereits wieder Geschichte, weil sich die Finanzierung als schwierig herausgestellt hat und Florentina inzwischen endlich einen *richtigen*, gut bezahlten und interessanten Job gefunden hat. Darüber freue ich mich aufrichtig.

An einem sonnigen Tag will ich gerade aus dem Haus gehen, als Maya anruft und fragt, ob ich mit ihr einen Ausflug machen möchte. Eigentlich würde ich heute lieber allein spazieren gehen, doch stattdessen sage ich ja. Die innere Stimme, die mich daran erinnert, dass ich doch mehr auf meine eigenen Bedürfnisse hören wollte, verdränge ich.

So meldet sich unterwegs schon bald wieder eine leise Unzufriedenheit in mir. Ich brauche jetzt Ruhe, keine Gespräche. Und wieder beobachte ich besorgt, wie ich mich innerlich verschließe. Deshalb gebe ich mir immer wieder mal einen Ruck, um auch etwas beizutragen und freundlich zu klingen.

Auf dem Rückweg spricht Maya von Florentinas Projekt und davon, wie schade es doch eigentlich ist, dass es nicht funktioniert hat. Sie erwähnt auch, dass es für Flo hingegen ein riesiger Glücksfall war, nun endlich einen Job gefunden zu haben. Das unterstreichen wir beide. Auch mein Zuspruch kommt von Herzen, wie beim ersten Mal, als ich davon erfahren habe.

«Mir tut einfach ihre Mitgründerin leid, die jetzt natürlich auch nicht mehr allein weitermachen kann», sagt Maya mit mitfühlender Stimme. «Es war halt nicht der richtige Zeitpunkt. Schade. Aber es wäre wirklich ein gutes Projekt gewesen.» Auch da stimme ich zu. Doch als sie ergänzt: «Du hast ja den Link auch gelesen, den ich dir geschickt habe, oder?», kommt mir ein unhöflich ruppiges «Nö, hab' ich nicht», über die Lippen. Und mit einem gewissen Trotz in der Stimme fahre ich fort: «Ich habe stattdessen 15 Seiten der Diplomarbeit meiner Tochter gelesen.»

Maya schluckt leer. «Also weißt du, Lucy, dieser abwertende Ton verletzt mich jetzt wirklich. Und dann hältst du mir einfach einen langen Vortrag über Nicoles Diplomarbeit.» Ich habe nicht einmal eine Minute lang darüber gesprochen, will ich erwidern, doch im letzten Moment halte ich mich zurück, denn plötzlich wird mir bewusst, dass es diese Art der Reaktion ist, die zu sinnlosen, verletzenden und endlosen Streitgesprächen führt: Sich rechtfertigen; zu beschuldigen, statt den Blick auf das eigene Fehlverhalten zu richten. Und ich habe mich soeben gewaltig danebenbenommen. Diese Einsicht tut weh. Dabei hatte ich doch genau durch solche schmerzlichen Erfahrungen lernen müssen, wie destruktiv sie sind! Ich habe geglaubt, achtsam genug geworden zu sein, um sie verhindern zu können.

«Maya, du hast recht, ich habe mich im Ton vergriffen, es tut mir leid. Ich meinte das nicht abwertend, aber es klang so, das stimmt. Bitte entschuldige.»

«Schon gut. Ich wollte es dir einfach sagen.»

Es quält mich trotzdem weiter. Kaum bin ich wieder zu Hause, schaue ich mir den Link an. Die Geschäftsidee ist mir zu abstrakt, aber das Video ist gut gemacht und sowohl Mayas Tochter als auch ihre Kollegin wirken bei ihrer Präsentation souverän.

Nachdenklich gehe ich in die Küche und mache mir einen Tee. Warum habe ich so schroff reagiert? Ich bin Florentina doch gut gesinnt! Da kommt mir ein Satz in den Sinn: «Peace from inside out: Eine Beziehung beginnt nicht außen, sondern innen. Du musst zuerst bei dir beginnen, in deinem eigenen Herzen, erst dann kannst du in einer Beziehung echte Verbundenheit schaffen.» Plötzlich begreife ich die tiefere Wahrheit dieser Aussage. Ich hatte allein spazieren gehen wollen. Aber einmal mehr hatte ich nicht auf meine eigenen Bedürfnisse gehört. Stattdessen baute ich in meinem Herzen eine Wand auf und ließ Maya diese Distanz spüren.

Enttäuscht von mir selbst denke ich, dass ich mich doch noch nicht so sehr verändert habe, wie ich glaubte. Ich werde mich nie ändern. Roy hat recht, dass er mit mir abgeschlossen hat. Nach einer Weile des Selbstmitleids gelingt es mir, diesen Gedanken loszulassen und mich darauf zu konzentrieren, wie ich das wiedergutmachen kann.

Maya hat mich noch am gleichen Abend zum Essen eingeladen. Bei dieser Gelegenheit bringe ich das Thema noch einmal auf den Tisch, was sich in jeder Hinsicht als heilsam erweist und mir die Chance gibt, meine positiven Eindrücke dieses Präsentationsvideos zu betonen. Maya ist sehr erfreut darüber. Offenbar ist ihr meine diesbezügliche Beurteilung wichtig. Nach kurzer Zeit sind wir uns wieder so nahe wie schon länger nicht mehr und unser Gespräch hat die verbindende Tiefe, in der sich beide willkommen und verstanden fühlen.

Pfingsten in den Bergen

Weitere Lektionen der Selbstreflexion bekomme ich am Pfingstwochenende. Maya hat ihre Freundin Claudia und mich in ihr Ferienhaus in den Bergen hoch über dem Walensee eingeladen. Zeit für gute Gespräche, gemeinsames Essen und Spaziergänge. Und das Wetter spielt mit.

Am ersten Abend schauen wir uns gemeinsam einen Dokumentarfilm über den englischen Künstler Andy Goldsworthy an, dessen Werke Ausdruck davon sind, wie er eine Landschaft, deren Energie und Geschichte wahrnimmt. Völlig fasziniert sehe ich darin genau jene Parallelen zwischen dem Universum und dem Selbst bestätigt, die ich beim Meditieren oder in der Natur in mir selbst wahrnehme und gerade jetzt ein so wichtiges Thema für mich sind. So kann ich meine Begeisterung nicht zurückhalten und kommentiere eifrig: «Genau! Das ist es! Unglaublich, wie er die Essenz dieser Landschaft aufnimmt! Das ist ...»

«Lucy, ich würde mir gern meine eigenen Gedanken dazu machen und wäre deshalb froh, wenn wir den Film nun schweigend zu Ende schauen könnten.» Maya hat auf den Pausenknopf gedrückt, weil sie zur Toilette muss. Sie nutzt diese Gelegenheit, um mit höflicher Klarheit zu kommunizieren, was sie stört. «Ja, klar, du hast recht, entschuldige», sage ich etwas verlegen. Warum habe ich nicht auf meine innere Stimme gehört, die mich schon viel früher selbst darauf aufmerksam gemacht hat? In einem Flashback denke ich einmal mehr an Roy. Als ich auf einem Ausflug glaubte, ihn unterhalten zu müssen, sagte er etwas, das in mir hängen geblieben ist. Längst habe ich verstanden, warum er mich damals bat, nicht jede kleine Blume zu kommentieren oder die Rolle der Touristenführerin zu spielen. In der Stille nimmt man so viel mehr wahr. Ich fühle mich beschämt, weil ich den beiden anderen das zugemutet habe, was ich selbst auch nicht mag.

Nun schauen wir uns den Rest des Filmes schweigend zu Ende an und ich nehme mir fest vor, zu lernen, meine Begeisterung dosiert zu teilen, so groß sie auch sein mag.

*

Am folgenden Tag spreche ich zu Beginn bewusst wenig. Auf dem Weg zu einem Bergsee äußert sich Maya hingegen engagiert zu den Geschehnissen in den USA und startet eine Diskussion über die dortige Politik. Claudia hat offensichtlich auch keine Lust, darauf einzugehen, und ich reagiere eher einsilbig, da ich einerseits lieber die Natur genießen und andererseits auf keinen Fall wieder zu viel sprechen will.

Am Nachmittag machen wir es uns nach einem Rundgang um den See auf einer Wiese gemütlich und alle drei nuckeln zufrieden an einer Flasche Bier. Um uns herum sitzen andere Wanderer auf Bänken oder stehen bei der Getränke-Ausgabe der Alp-Beiz Schlange; Hundehalter stellen Wassernäpfe für ihre Lieblinge bereit, während Kinder auf Baumstämme klettern und ausgelassen spielen.

Wir legen uns ins Gras und dösen eine Weile, bis die Bäume Schatten werfen und es kühler wird.

Bevor wir uns auf den Rückweg machen, setzt Claudia zu einer kleinen Rede an: «Danke euch für die schöne Wanderung. Ich habe den Nachmittag mit euch sehr genossen, auch wenn ich mir etwas mehr Stille gewünscht hätte ...»

«Ja, das geht mir genauso!», entgegnen Maya und ich fast gleichzeitig, worauf ich innerlich ein wenig einschnappe. Sie war doch diejenige, die über US-Politik sprechen wollte! Claudia fährt fort: «Ich habe den Eindruck, dass es zwischen euch beiden eine Art Konkurrenzkampf gibt und jede recht haben will, egal, ob es darum geht, welcher Fisch wohl wie lang ist oder wo was wie wächst. Ich hoffe, ihr nehmt mir meine Offenheit nicht übel.»

Kurzes Schweigen. Dann: «Nein, schon okay. Alles klar, gut, dass du es uns sagst.» Maya und ich wissen beide, dass was dran ist, und zeigen uns deshalb einsichtig. Genau aus diesem Grund hatte ich mich doch zu Hause manchmal über Maya genervt! Und nach dem gestrigen Vorfall mit dem Film habe ich mir jetzt wirklich Mühe gegeben. Nein, heute verdiene ich die Kritik nicht. Oder doch?

Am Abend denke ich vor dem Einschlafen nochmals darüber nach. Jede Erfahrung, jedes Feedback ist eine Chance, zu lernen und zu wachsen. «Also nimm es an, auch wenn es ein bisschen wehtut und die Kritik vielleicht nicht ganz berechtigt ist», sage ich schließlich zu mir selbst und sehe gerade in diesem Moment meinen Fortschritt.

Ich sehne mich nach Roy. Wie gern würde ich das mit ihm teilen.

Beziehung mitgestalten

Als mich Olivia eine Woche später besucht, erzähle ich ihr von meinem Pfingstwochenende in den Bergen und was ich daraus gelernt habe. Sie hört mir aufmerksam zu, dann meint sie: «Ich finde, du bist in beiden Situationen zu streng mit dir selbst. Mag sein, dass du in deiner Freude und Begeisterung diese während des Films zu oft zum Ausdruck gebracht hast, aber sie ist auch so wunderschön. Und hätte deine Freundin genau das – hätte sie dich – wahrgenommen, hätte sie das früher und anders gesagt.»

Ausnahmsweise bin ich nicht ganz ihrer Meinung und verteidige Maya. Schließlich einigen wir uns darauf, dass sie, Olivia, ja nicht dabei war und die anderen gar nicht kennt; auch betone ich, wie wertvoll die Feedbacks beider Frauen für mich waren.

«Das glaube ich dir, Lucy, es geht mir auch nicht darum, sie zu verurteilen. Was mir einfach ein bisschen wehtut, ist, dass du wiederum nur deine Fehler siehst.»

«Hm ... Ich bin mir da nicht so sicher. In diesem Fall fand ich es im Gegenteil eher unfair, dass mir das vorgehalten wurde, was mich zuvor an Maya gestört hatte.»

«Stimmt. Und offenbar ist mit dieser vermeintlichen Ungerechtigkeit eine Wunde in der kleinen Lucy aufgebrochen. Dieser solltest du mit liebevoller Zuwendung begegnen. Lucy, ich glaube, dass deine Freundschaft mit Maya ein großes Potenzial hat, wenn du den Mut hast, ihr solche Dinge offen zu sagen. Du kannst die Beziehung mitgestalten und Verantwortung übernehmen.»

Wie so oft rinnen mir bei Olivias Worten auch diesmal Tränen über die Wangen – ein klares Zeichen dafür, dass ich mit meinem tiefsten Selbst verbunden bin. «Olivia, jetzt fällt es mir wie Schuppen von den Augen: Weder in der Beziehung mit Lukas noch mit Roy habe ich das wirklich getan; denn mehr Sprechzeit in Anspruch zu nehmen heißt noch nicht, eine Beziehung mitzugestalten. Soeben begreife ich, dass auch jede weitere Liebesbeziehung scheitern würde – falls ich denn jemals wieder eine hätte – wenn ich da nichts ändere. Und in Bezug auf die Freundschaft mit Maya oder auch mit gewissen anderen Freundinnen nehme ich die Chance auf echte Gespräche manchmal tatsächlich nicht wahr. Du hast absolut recht!»

Eine Weile sitzen wir still da. Wie ein warmes, weiches Tuch umhüllt mich das Gefühl unendlicher Liebe, die ich in diesem Moment für meine Freundin empfinde.

Dann wische ich mir die Tränen aus dem Gesicht und sage leise: «Mit dir ist alles so viel tiefer. Was ist es, was unsere Beziehung so außergewöhnlich macht?»

«Ich denke, es liegt daran, dass wir einander wirklich sehen und verstehen wollen. Frei von recht haben wollen, frei von Vorverurteilung. Wir hören einander zu, wir nehmen einander wahr.»

*

In dieser Nacht kann ich lange nicht einschlafen. Ich denke an meine Ehe, mein Rollenverständnis, das ich aus meiner Konditionierung übernommen hatte: Statt einer Paarbeziehung auf Augenhöhe stand mit Lukas eher ein gegenseitiges Bemuttern im Vordergrund, während Themen wie die Bedürfnisse als Paar und die persönlichen Bedürfnisse oft zu kurz kamen. Dies aus Angst, den anderen zu verletzen oder sich Auseinandersetzungen stellen zu müssen. Statt solch wichtige Gespräche zu führen, machten sich Unzufriedenheit, Trauer und – mit Roy – auch Wutausbrüche und Rechtfertigungen breit. So klar war mir das wohl noch nie bewusst: Das Mitgestalten einer Beziehung liegt auch in meiner Verantwortung!

Olivia

Olivia und ich lernten uns vor über 30 Jahren in meinem Deutschkurs kennen, da sie ihre Heimat Italien für ihren Schweizer Ehemann verlassen hatte und nun seine Sprache lernen musste. Während eines Klassenausflugs verstanden wir uns so gut, dass sie mich auf dem Heimweg im Zug fragte, ob ich die Patin ihres ersten Kindes werden wollte. Was für eine Ehre! Natürlich wollte ich! Vier Jahre später übernahm auch sie diese Aufgabe für meine Tochter Nicole und so wurden wir zu einer Familie.

In den ersten zwei Jahren und bevor wir uns kannten, hatte Olivia oft Heimweh; sie fühlte sich isoliert und war in ihrer schwierigen Ehe sehr einsam. Doch erst, als sie deswegen ernsthaft krank wurde, ließ sie sich scheiden. Ihre beiden Kinder waren damals sieben und vier, meine sechs und vier. Sie liebten sich wie Geschwister und spielten gerne zusammen, sodass wir bei gemeinsamen Treffen auch Zeit für uns genießen konnten.

Olivia verliebte sich neu und baute sich eine Tai-Chi-Schule auf. Etwas selbst erschaffen zu können, stärkte ihr Selbstbewusstsein. Diese Kraft gab ihr während der heftigen Teenagerzeit ihrer Töchter wertvollen Halt. Ich bewundere Olivia noch heute dafür, wie achtsam und klug sie auch in den schwierigsten Situationen reagierte. Meine impulsive Art hätte da wohl eher geschadet. Andererseits braucht der eine Teenager mehr Strenge, ein anderer wiederum reagiert nur auf Sanftmut. Gibt uns das Leben die Herausforderungen, die wir zu tragen vermögen?

Olivias Last war groß. Ich konnte sie nur immer wieder ermutigen, im Vertrauen, dass sich alles zum Guten wendet. Und tatsächlich: Nach einer langen, schmerzlichen Zeit ist sie heute mit ihren Töchtern wieder innig verbunden.

In den 30 Jahren unserer Freundschaft hat sich Olivia auf erstaunliche Weise verändert. Als wir uns kennenlernten, wollte sie es immer allen recht machen und war sehr verletzlich, dachte kaum an sich selbst. Heute ist sie stark und selbstbewusst, doch im Kern ist sie die Gleiche geblieben; ihr wahres ICH hat sich nie verändert. Doch was ist das *wahre ICH*? Ist es das, was in mir Resonanz findet, in einer Tiefe, in der ich mein eigenes Selbst vermute und ist es das, was sich mit diesem Selbst verbindet? Ist es das, was man die Seele eines Menschen nennt?

Gestaltungstherapie

Eine Arbeitskollegin hat eine schwierige Zeit. An Ostern will ich sie mit einer kleinen Geste trösten. Deshalb modelliere ich für sie aus Ton eine Hand, die sich schützend über eine Figur hält. Kaum getrocknet, lege ich beides in eine Schachtel und setze mich ins Auto; sie soll es noch heute in ihrem Postkasten finden. Als sie es nach ihrem Spaziergang zwei Stunden später dort entdeckt, ist ihre Freude über dieses unerwartete Geschenk groß. Ihre Nachricht berührt mich: «Von Herzen danke, liebe Lucy, für diese wunderschöne Figur, und dafür, dass du an mich denkst. Das gibt mir das Gefühl, nicht ganz allein zu sein.»

Eine Woche später nutze ich meine kreative Phase, um auch für Olivia eine Hand zu formen, in die ich ein Herz legen will.

Als ich damit beinahe fertig bin, kommt sie mir seltsam bekannt vor. Ich lege sie für ein Foto auf Roys Bassgitarre, die ich damals für ihn gemalt habe.

Auf dem Bild sieht die Hand nun so lebendig aus, als würde sie auf dem Instrument spielen. Ich fühle, dass sie mit *meinem* Leben zu tun hat und will sie nicht mehr verschenken, nicht mal an Olivia. Sie gehört zu mir.

Beim Staubwischen bleibt mein Blick an einer Skulptur hängen, die Roy mir einmal von Kreta mitgebracht hat. Es ist eine Art quadratische, geöffnete Konservendose aus Keramik, in der eng aneinander die Gesichter einer dunklen und einer hellen Figur liegen.

Ich habe oft über diese Skulptur nachgedacht. Sie bedeutet mir viel und doch löst sie in mir ein gewisses Unbehagen aus. Obwohl sie auch Hoffnung auf Befreiung verkörpert, sind die Figuren darin dennoch gefangen.

Einer Intuition folgend, lege ich die von mir modellierte Hand mit dem Herz darin zu dieser Skulptur. Plötzlich steigt in mir der Wunsch auf, diese Figuren zu befreien. Sie sollen erst sich selbst finden und dann Seite an Seite weitergehen. Jede auf ihrem eigenen Lebensweg und doch gemeinsam.

Voll konzentriert arbeite ich an diesem Nachmittag daran, für diese Gesichter und zu ihrem Abbild Körper zu formen. Kaum ist der Ton trocken, stelle ich sie so zu Roys Skulptur, dass es aussieht, als würden sie Hand in Hand aus der Konservendose steigen und auf das dargebotene Herz zustreben.

Nun bewegen sich die Figuren, sie sind lebendig. Jeden Tag entdecke ich neue Möglichkeiten, sie zu positionieren. Sie können auch hinfallen, wieder aufstehen und einander helfen. Ich denke daran, wie Roy manchmal sagte, er wäre bereit gewesen, mit mir sein Leben zu teilen und alles andere zurückzulassen …

In diesem kreativen Prozess mit den Figuren begreife ich, dass es nicht darum geht, sein eigenes Leben wegzugeben, sondern darum, zuerst sich selbst zu werden. Erst dann ist es möglich, einen gemeinsamen Weg zu finden; erst dann kann man *Teil* des Lebens des anderen sein und im gemeinsamen Erfahren die Beziehung formen. Was unter meinen Händen entstand, ist vom Wunsch in der Tiefe meiner Seele erschaffen worden, Roy und ich würden Seite an Seite weitergehen. Und auch genauso, wie man die Tonfiguren auf viele verschiedene Arten positionieren kann, gibt es für uns Menschen im Allgemeinen unendlich viele Möglichkeiten, das Zusammenleben positiv zu gestalten.

Ich schicke Roy Fotos davon und meine Gedanken dazu mit einer liebevollen Umarmung. Darauf reagiert er. «*Lucy, ich mag dein Werk, es gefällt mir. Es ist … very you ;).*»

So kurz seine Antwort auch ist, macht sie mich für einen kurzen Augenblick glücklich.

Ist da jemand?

Ein Jahr ist seit Roys «Maybe it's time to move on» vergangen und ich versuche so gut es geht, mich zurückzuhalten. Aber ich weiß, dass sein Vertrag geendet und er so oder so, auch Corona-bedingt, das Schiff verlassen hat. So schreibe ich ihm nur, um mich zu vergewissern, dass er während der Pandemie in seiner Heimatstadt San Francisco wiederum in dem Hotel untergekommen ist, in dem er zu einem günstigen Preis monatlich ein Zimmer mieten kann. Als er mir das umgehend bestätigt, bin ich beruhigt, denn vor allem jetzt ist mein allergrößter Wunsch für ihn ein Zuhause. Liebevoll und doch so zurückhaltend wie möglich sende ich ihm Kraft, Gesundheit und alles Gute in dieser Zeit.

*

Natürlich frage ich mich manchmal, ob er wieder eine Partnerin hat. Und doch kann ich es mir nicht vorstellen. Zwar gehe ich davon aus, dass er da und dort flirtet, wenn sich eine Gelegenheit bietet. Aber ich denke an die Frau, mit der er vor mir zusammen war und dass ich ihm damals sagte: «Lieber würde ich es wissen wollen, als in einer Illusion zu leben ...» Bestimmt kann auch er sich an diese Aussage erinnern, deshalb würde er es mir sicher sagen, wenn er in einer ernsten Beziehung wäre. Außerdem habe ich ihm nicht nur einmal geschrieben: *«Roy, fühl dich nicht mehr an mich gebunden. Wenn du eine Frau triffst und mit ihr zusammen sein möchtest, dann tu es. Aber bitte, lass es mich wissen.»*

Er hat nie jemanden erwähnt.

Wie es zur Versöhnung mit meiner Mutter kam

An einem heißen Sommertag ruft mich Nicole an und fragt, ob wir miteinander schwimmen gehen. Natürlich freue ich mich, dass sie etwas mit mir unternehmen will.

Die Temperatur des Sees ist nun auch für mich so, dass ich mich hineinwage. Ich bin zwar keine Wasserratte, und wäre ich jetzt allein, würde ich mich nur kurz abkühlen. So aber bin ich motiviert, mit ihr von Boje zu Boje zu schwimmen.

Mit dem guten Gefühl, etwas geleistet zu haben, kommen wir schließlich zurück ans Ufer und setzen uns auf einen großen Stein, um uns von der Sonne trocknen zu lassen. Ich genieße es, mit meiner erwachsenen Tochter Zeit zu verbringen, denn nach meiner Trennung von Lukas war Nicole immer wieder für längere Zeit im Ausland. Wir sprechen über ihre Kindheit, dann über meine. Dabei erwähne ich, dass ich mich letzten Herbst innerlich mit meiner Mutter versöhnt habe und wie dankbar ich dafür bin, dass ich keine negativen Gefühle mehr gegen sie hege und nun sogar so etwas wie Liebe für sie spüre. «Wie ist es denn dazu gekommen?», fragt mich Nicole erstaunt.

Da erzähle ich ihr von der merkwürdigen E-Mail, die eine meiner Schwestern mir geschickt hat mit der Bitte, im Todesfall die Trauerrede für unsere Mutter zu halten; sie selbst sei nicht in der Lage, das zu tun. Ich erzähle Nicole von meiner Sprachlosigkeit darüber und wie absurd ich das fand, zumal es unserer Mutter gesundheitlich ja besser geht als anderen betagten Menschen in meinem Umfeld.

«Diese Nachricht wühlte mich so auf, dass ich zuerst einmal raus musste. Ich musste mich bewegen. Doch im Wald dachte ich darüber nach. Wie oft hatte ich geglaubt, ich würde meine Mutter hassen; später empfand ich dann eher Gleichgültigkeit. Tatsächlich hatte ich aber einfach schon als Kind gelernt, meine Gefühle ihr gegenüber auszuschalten – nicht immer nur ihr gegenüber, das ist mir inzwischen bewusst. Nun kam mir plötzlich ein unerwarteter Gedanke: Sie war doch genau die richtige, die beste Mutter für mich! Denn wäre sie nicht so gewesen, wie sie war, wäre ich heute nicht die, die ich bin! Diese Einsicht gab mir einen ungeheuren Energieschub, sodass ich immer schneller laufen musste. Ich wollte es ihr jetzt sagen, solange sie noch lebt, nicht erst an ihrem Grab!»

Es dauerte dann aber noch zwei Wochen, bis es so weit war. Als ich sie endlich besuchte, war ich aufgeregt wie vor einem Date und überlegte fieberhaft, wie ich es anstellen wollte. Schließlich brachte ich es über die Lippen. Zwar nicht ganz so feierlich und schön, wie ich es mir vorgestellt hatte, aber ich habe es ihr gesagt! Etwas verlegen und ungläubig entgegnete sie leise: «Glaubst du? Danke, Lucy.»

Nicole schaut mich nachdenklich an. Schließlich meint sie: «Das ist sehr schön, Mama.»

«Ja. Ich bin so froh, dass ich heutzutage liebevoll an sie denke und sogar sagen kann, dass ich sie gern hab'. Ich glaube, das Ganze hat auch mit Roy zu tun, mit dem, was ich von ihm gelernt habe ...»

«Mama! Denkst du immer noch an ihn? Bist du immer noch traurig?», ergänzt Nicole ihre Frage und runzelt besorgt die Stirn. Ich nicke.

«Weißt du, Mama, gib ihm doch einfach einen Platz in deinem Herzen. Dort darfst du ihn behalten. Aber er hat auch ein Recht darauf, wieder glücklich zu sein, und du auch.»

«Ja, ich weiß.» Meine Tochter ist erwachsen geworden. Lächelnd stelle ich fest, dass wir die Rollen getauscht haben.

John: Lernen, nicht zu verurteilen

Im Sommer ist oft vieles einfacher. Freude und Glücksmomente überwiegen und ich danke Nicole in Gedanken für ihre Worte. Meine Klasse ist motiviert und das Gefühl, meine Arbeit auch mit Maske gut zu machen und etwas geben zu können, macht mich glücklich. Present moment awareness ... Ja, ich bin im JETZT.

Viele warme Sommerabende verbringe ich in einem Gartenrestaurant am See. Nach dem Schwimmen und Sonnenbaden sitze ich dort oft bei einem Glas Rosé, denn inzwischen weiß ich, um welche Zeit meine Chance auf einen Sitzplatz direkt am Wasser am größten ist, auch wenn nun wegen der staatlich vorgeschriebenen Vorsichtsmaßnahmen viel weniger Tische zur Verfügung stehen. Einmal mehr wird mir bewusst, wie privilegiert ich sogar im Covid-Jahr bin.

Auch zu Hause genieße ich es, einfach auf meinem Balkon zu sitzen und zu sein.

Eines Abends will ich mir gerade in der Küche einen kleinen Snack zum Wein holen, als ich eine WhatsApp-Nachricht von John aus meinem aktuellen Deutschkurs bekomme, der ganz in meiner Nähe wohnt. Auf dem Weg zur Schule haben wir uns ab und zu per Zufall im Zug getroffen und uns beim Plaudern besser kennengelernt. Dabei erzählte er mir mit erstaunlicher Offenheit, dass er durch einen schwerwiegenden Fehler alles – auch seine Familie – verloren hat. Als Broker hatte er einmal einer verhängnisvollen Versuchung nicht widerstehen können. Er vertraute mir seine Sorgen an und hat damit seine Verletzlichkeit gezeigt; das hat mich berührt. So ist zwischen uns eine freundschaftliche Beziehung entstanden und ich nahm Anteil an seinem bangen Warten auf das endgültige Gerichtsurteil. Die Mühlen des Gesetzes mahlen langsam ... Nach mehreren Jahren ist das Urteil vor einigen Monaten endlich gesprochen worden und inzwischen hat John nun auch aufgehört darauf zu hoffen, statt einer Gefängnisstrafe Sozialdienst leisten zu können.

«Ich geh ins Gefängnis. Ich mag nicht mehr warten und will es endlich hinter mich bringen, diese Ungewissheit macht mich sonst kaputt», schreibt er mir nun.

«Ich backe gerade eine Quiche. Magst du zum Apéro und einem Happen kommen?», antworte ich ihm.

Eine halbe Stunde später sitzen wir am gedeckten Tisch. «Weißt du, Lucy, es ist richtig so. Ich habe diesen Fehler gemacht und habe es nun nicht anders verdient», sagt er ohne Groll, ohne Selbstmitleid. Es ist einfach eine Feststellung und ich spüre, dass er es ernst meint. Keine Sekunde zweifle ich daran, dass er ein guter Mensch ist. Einer, der seinen Fehler bereut und die Verantwortung dafür übernimmt.

Für einen kurzen Moment denke ich an den ersten Konflikt mit Roy zurück, als er mir in Florida von seinem Zuhälter-Freund erzählte. Wie gerne würde ich nun mit ihm diese neue Erfahrung und meine Einsichten bezüglich Gut und Böse teilen.

«Magst du noch ein Stück Quiche?»

«Sehr, sehr gern.» Er hält mir lachend den Teller hin und entschuldigt sich tausendmal dafür, «so unverschämt viel zu essen». John ist früher in den besten Restaurants und teuren Hotels ein- und ausgegangen. Ich freue mich darüber, dass ihm meine improvisierte Gemüsewähe schmeckt.

John ist sehr gesprächig und erzählt mir, dass er als leidenschaftlicher Jäger sein Fleisch immer selbst schießt. Auch jeder Fisch auf seinem Teller hat an seiner eigenen Angel gehangen. Noch bis vor Kurzem hätte ich das als Fast-Vegetarierin nicht hören wollen und abgeblockt, hätte vorverurteilt. Doch nun sitze ich da und höre ihm interessiert zu.

«Nie im Leben würde ich das schönste und stärkste Exemplar auswählen, denn es hat eine wichtige Aufgabe in seinem Rudel. Es soll seine Kraft, seine Schönheit weitergeben; es soll Leben weitergeben!

Nur zum Spaß und für die Trophäe Tiere zu töten, finde ich absolut verwerflich. Ich jage, weil ich Fleisch essen will. Und im Wald hat das Tier eine gewisse Chance, zu entkommen; ich finde, das ist fair. Ich habe großen Respekt vor dem Tier, dessen Leben ich nehme und danke ihm stets für sein Fleisch, nachdem ich es erlegt habe.»

Ich nicke. Eigentlich sollte jeder, der Fleisch isst, selbst dafür töten müssen. Dann würde vermutlich sogar ein Fleischtiger wie mein Sohn Thierry zum Vegetarismus konvertieren.

Wanderung mit Thierry

Thierry hat mir zu Weihnachten einen Mutter-Sohn-Tag «all inclusive» geschenkt. Ich habe mich für eine Wanderung entschieden. Heute ist der perfekte Tag, um den Gutschein einzulösen.

Pünktlich um acht holt mich Thierry zu Hause ab. Im Auto hält er mir während des Fahrens eine Tüte mit frischen Croissants unter die Nase. «Nimm, Mami, Frühstück. Auf dem Rücksitz hat es noch Säfte. Wähl dir einen aus.» Natürlich habe ich schon gegessen. Aber ich finde seine Geste süß, deswegen nehme ich das Gebäck und beiße herzhaft hinein.

Das Wetter ist perfekt, das Timing auch. Kaum haben wir am kleinen Bahnhof Luchsingen das Auto geparkt, kommt auch schon der Zug, der uns eine Station weiter nach Braunwald bringt. Das Ziel unserer Wanderung ist der Oberblegisee. Von dort aus führt der Abstieg zur Luftseilbahn, die uns später zurück ins Tal nach Luchsingen bringen wird. Deshalb haben wir das Auto dort abgestellt.

Doch zuerst fahren wir in Braunwald mit dem Sessellift weiter hinauf. Oben bei der Bergstation angekommen, lohnt sich der kurze Aufstieg den steilen Hang hoch. Auf 1'900 Meter ü. M. bietet sich uns eine atemberaubende Rundsicht und das Glärnisch-Massiv scheint so nah, dass man glaubt, es berühren zu können, wenn man die Hand danach ausstreckt.

Auf einem mit Blumen gesäumten Grat wandern wir etwa eine Stunde ohne bemerkenswerte Höhenunterschiede. Wir genießen beide die herrliche Berglandschaft und Thierry freut sich über meine Begeisterung für kleine Dinge, die er sonst übersehen hätte. Dann aber fragt er leicht besorgt: «Mami, bist du sicher, dass dies hier der richtige Weg ist? Wir haben von oben den See doch eher auf der anderen Seite gesehen.» Nun habe auch ich Zweifel und komme zum Schluss, dass wir die Abzweigung verpasst haben und einen Umweg machen. «Ach, Thierry, warum sollten wir uns darüber ärgern? Alle Wege führen ans Ziel. Jetzt genießen wir doch einfach diese herrliche Landschaft umso länger», beschwichtige ich lachend. «Stimmt, da hast du recht, Mami. Aber wenn ich nicht bald was zu essen bekomme, wirkt sich das negativ auf meine Stimmung aus», brummt er. «Das wäre allerdings schade», bestätige ich augenzwinkernd. «Wie weit ist es noch bis zum Restaurant? Keine Sorge. Wir schaffen das locker in einer halben Stunde, komm!» Mit dieser Antwort ist er zufrieden und stapft weiter. In der Nähe der Alphütte, wo wir Gemüsesuppe, Käse (ich) und Wurst (Thierry) zu Mittag essen, werden

Schweine in einem Außengehege gehalten. «Schau, das sind jetzt glückliche Schweine. Die können wenigstens ein bisschen in der Erde wühlen.»

«Also, so toll haben die's aber nicht», meint Thierry, der gar nicht verstehen kann, warum ich mich darüber freue. «Nun, im Vergleich zu den meisten anderen schon», entgegne ich und schiebe mir einen Löffel Suppe in den Mund. Mein Sohn beißt schweigend in seine Wurst. Ich kenne ihn gut genug, um zu wissen, dass er es nicht mag, mit solchen Tatsachen konfrontiert zu werden. Er liebt Tiere und könnte keiner Fliege was zuleide tun. Aber er mag Fleisch. Im Supermarkt gibt es da keinen Zusammenhang. Das ist ihm lieber.

*

Frisch gestärkt wandern wir nach dem Essen auf einem von Heidelbeersträuchern gesäumten Pfad weiter und freuen uns schon auf ein erfrischendes Bad.

Schon bald erreichen wir unser Ziel. Ruhig und verträumt liegt vor uns der kleine See, auf dessen glatter Oberfläche sich die schneebedeckten Berggipfel spiegeln. Da dieser idyllische Ort nur zu Fuß erreichbar ist, sind wir bis auf wenige Familien und kleine Gruppen allein. Neben einem Felsen legen wir unsere Tücher ins Gras und ziehen die Schuhe aus. Mein Badezeug habe ich zwar mitgenommen, aber im knöcheltiefen Wasser in Ufernähe zu waten, genügt mir vollkommen, denn der See speist sich aus Schmelzwasser und ist eiskalt. Wir saugen die frische Bergluft und die Schönheit dieser Postkartenlandschaft in uns auf. «Komm, Thierry, setz dich mal auf diesen Felsen hier!» Klick. «Und jetzt noch ein Selfie!» Nach einem großen Schluck aus seiner Wasserflasche lächelt er mit mir in die Kamera.

Etwas später beobachte ich auf dem Rücken liegend die weißen Wolken am tiefblauen Himmel und lasse meine Gedanken mit ihnen ziehen, bis ich eindöse.

Als sich eine Wolke vor die Sonne schiebt, wache ich fröstelnd auf. Halb vier. Wir müssen los. Der Weg führt in Serpentinen steil abwärts. Wir lassen den See hinter uns. Als ich mich das nächste Mal umdrehe, ist er schon nicht mehr zu sehen.

In der Nähe der Seilbahnstation angekommen, haben wir noch genug Zeit, sodass ich Thierry zum Ferienhaus führen kann, das einem Freund meines Vaters gehörte und an dessen Bau mein Vater damals mitgearbeitet hatte. Als Gegenleistung durften wir als siebenköpfige Familie dort Ferien machen, was sonst nirgendwo möglich gewesen wäre.

Ich genieße es, mit meinem Sohn etwas von meiner Geschichte teilen zu können und erzähle deshalb davon, wie meine Geschwister und ich hier damals auf den Kajütenbetten saßen und am Radio gebannt die erste Mondlandung mitverfolgten. Während immer mehr Erinnerungen in mir auftauchen, hört Thierry interessiert zu, denn er kennt meine Ursprungsfamilie weniger gut als die von Lukas, mit der wir traditionelle Feste wie Weihnachten und Ostern immer gemeinsam feierten.

Inzwischen sind wir zurück bei der Seilbahnstation. «Schau, Thierry, hier gab es früher nur zwei Gondeln. Eine davon war offen und vor allem für den Warentransport gedacht. Ich weiß noch, wie mein Vater mit der Gegensprechanlage Bescheid geben musste, sobald wir startklar waren. Die Sekunden, die vergingen, bis auch er bei uns in der Kabine saß, waren für mich stets unerträglich, weil ich Angst hatte, dass er es nicht rechtzeitig schaffte und auf dem Berg zurückbleiben würde.»

Aus einem Lautsprecher ertönt plötzlich eine Stimme. «Bitte drücken Sie auf den Knopf, wenn Sie starten möchten.» Wir lachen beide: Auch nach 50 Jahren funktioniert es noch gleich, wenn auch mit modernen, geschlossenen Gondeln.

Fünf Minuten später sind wir zurück im Tal. Am Wildbach entlang führt ein kleiner Fußweg bis zum Bahnhof, an dem wir am Morgen das Auto geparkt haben.

Auf der Fahrt zurück nach Hause hören wir Radio. Nach den Nachrichten läuft ein romantischer

Song aus den 80er Jahren. Zufrieden trällere ich mit, aber Thierry dreht am Knopf und sucht einen anderen Sender. «Ich bin gerade nicht so in Stimmung für romantisch-melancholische Klänge», entschuldigt er sich.

«Schon gut. ich kenne das ...» Offenbar hat auch er seinen Liebeskummer noch nicht überwunden.

Mamis Geburtstag

An ihrem 90. Geburtstag besuche ich meine Mutter im Altersheim. Ich habe die Covid-Vorschriften zu wenig genau gelesen und weiß deshalb nicht, dass ich sie nur im Café, nicht aber in ihrem Zimmer besuchen darf. So muss ich eine Weile warten, bis sie jemand abholen und zu mir bringen kann. Schließlich erspähe ich sie am Ende des langen Korridors. Sie schiebt ihren Rollator vor sich hin und schaut emotionslos geradeaus.

«Hallo, Mami. Schön, dich zu sehen! Warum nicht mal hier im Restaurant? Ich freue mich schon auf Kaffee und ein Stück Kuchen, du auch?»

«Ich möchte lieber ein Eis.» Etwas umständlich setzt sie sich auf den Stuhl an einem Tisch in der Ecke. Ich spüre eine bedrückende Energie von ihr ausgehen, also versuche ich, fröhlich und unbeschwert zu plaudern, doch sie bleibt einsilbig und verschlossen. «Ich bin überrascht, dass hier so reger Betrieb herrscht. Kommst du auch sonst manchmal hierher auf einen Kaffee?»

«Nein.»

«Aber triffst du dich ab und zu mit jemandem hier im Haus, den du kennst?»

«Nein.» Und immer noch geradeaus schauend: «Ich mag kein Verhör.» Also schweige ich eine Weile und schiebe mir ein Stück Schokoladenkuchen in den Mund. Dann wage ich einen erneuten Anlauf und erzähle ein wenig von meinen Geschwistern, das geht etwas besser.

«Wie fühlst du dich, Mami?», frage ich behutsam.

«Leer.» Es klingt wie eine Feststellung. Emotionslos.

Eine halbe Stunde später will sie in ihr Zimmer zurück. Ich habe nichts dagegen; aber im Auto bleibe ich einige Minuten regungslos und bedrückt hinter dem Steuer sitzen, bevor ich den Zündschlüssel drehe und losfahre. Die Schwere nehme ich mit. Wie in Trance fahre ich die kurze Strecke auf der Autobahn, dann über den Hügel an Wäldern und Wiesen vorbei, ohne die Landschaft wirklich wahrzunehmen.

Zuhause schlüpfe ich aus meinen Sandaletten und setze mich auf den Balkon. Bleierne Schwere drückt mich in den Sessel, ich fühle mich wie gelähmt. Erst nach und nach erwache ich aus dieser Starre, als mein Blick auf den Basilikumstrauch fällt, der die Blätter hängen lässt. Instinktiv stehe ich auf, um ihn zu wässern. Nun, da ich stehe, nehme ich mein Meditationskissen, stecke mir die Kopfhörer in die Ohren und atme tief ein.

Bei den ersten Klängen steigen mir Tränen in die Augen. Ich sehe meine Mutter vor mir: «Leer.»

90. Am Ende ihres Lebens das Gefühl, das Leben nicht gelebt zu haben. Leer. Die Lebensenergie für Pflichterfüllung und Schmerz verbraucht.

Fühltest du dich jemals geliebt? Hast du jemals geliebt? Babys, ja. Wir waren fünf. Vier von deinen Babys hast du geliebt ...

Hast du in meiner Schwester Sina dich selbst gesehen? War sie dein Spiegelbild, das dir unerträglich war? Sie hat dir doch schon lange verziehen! Du nicht. Du hast dich dafür selbst gehasst, dass du deine Verzweiflung, deine Frustration nicht unter Kontrolle hattest.

Wir waren zu siebt. Doch du warst auch in der Familie allein.

Dabei hast du uns doch gegeben, was du konntest! Ohne Waschmaschine oder elektrischen Staubsauger hast du unser Zuhause gepflegt, hast uns aufgezogen und uns viele deiner Schätze vererbt: Dein Mitgefühl, dein weiches Herz ... Auch Talente und Charakterzüge, die du selbst nicht ausleben konntest, erkenne ich in meinen Geschwistern und in mir selbst. Wie dankbar bin ich, dass das Eis um mein Herz vor zwei Jahren geschmolzen ist und mir nun auch bewusst ist, dass dies dein Schmerz ist, nicht meiner. Denn anders als du wurde und werde ich geliebt. Mein Mann und ich sind füreinander noch immer Familie, obwohl wir schon so lange getrennt leben und er zum Glück eine neue Lebensgefährtin gefunden hat.

Ich habe zwei wunderbare Kinder, die mich lieben und ehrlich zu mir sind, die mich spiegeln und mir helfen, alte Muster endlich aufzubrechen. Auch wenn es schwierig ist.

Ich habe einen Beruf, der mich erfüllt. Mit Liebe und Geduld kann ich meinen Schülern das Gefühl geben, willkommen zu sein, kann Brücken zwischen unseren Kulturen bauen und habe auch für ihre privaten Sorgen ein offenes Ohr.

Ich habe Talente, bin mit Freude erfüllt, wenn Schönes unter meinen Händen entsteht.

Ich habe Freunde, die mich gernhaben, denen ich mein Herz ausschütten und mit denen ich Gedanken austauschen kann.

Ich habe so vieles erleben dürfen, was meinen Horizont erweiterte, mir Freude schenkte und mich hat wachsen lassen.

Ich habe Menschen kennengelernt, von denen ich lernen konnte.

Ich habe ein erfülltes Leben.

Wann warst du glücklich?

Es ist dein Schmerz. Nicht meiner. Und doch bin ich ein Teil von dir.

Ich will ein Sonnenstrahl im Leben anderer sein, keine dunkle Wolke.

Ich wünschte, ich könnte dir helfen.

*

Als ich meine Mutter zwei Wochen später erneut besuche, spricht sie ihre innere Leere selbst nochmals an und erklärt, dass sie sich nicht mehr von Herzen freuen könne. Doch als ich unbeschwert plaudere, ihr von ihren Urenkeln, Enkeln und meinen Geschwistern erzähle und ich ihr sage, dass Höhen und Tiefen nun mal zum Leben gehören, erkenne ich ein Leuchten in ihrem Gesicht. Was für eine wunderschöne Ausstrahlung sie hat, wenn sie lächelt.

Intragna, im JETZT

Als wollte ich mir selbst beweisen, dass ich aus der Schwere der Vergangenheit ausgebrochen bin, buche ich kurz entschlossen ein Wochenende im Tessin, um zu schreiben. Ich stelle mir vor, wie ich dort in dem Bergdorf, wo wir Olivias und Serges Hochzeit gefeiert haben, auf einem Felsen am Fluss sitze und meine Memoiren festhalte. Der Gedanke gefällt mir.

Ein gutes Buch und kurze Nickerchen zwischendurch verkürzen mir die Reisezeit. Auf der anderen Seite des Gotthardtunnels erwarten mich ein stahlblauer Himmel und Sonnenschein; so, wie man es sich vom Tessin erhoffen darf. Beim Umsteigen in Bellinzona ergattere ich mir einen Sitzplatz zwischen unzähligen anderen Deutschschweizer Wochenend-Touristen. In Locarno ergießt sich diese Menschenmenge auf den Bahnsteig und schiebt sich in Richtung Postauto-Station. Kurzerhand entscheide ich mich gegen den überfüllten Bus als Transportmittel für den letzten Abschnitt der Reise. Nur zu gut erinnere ich mich daran, wie ich zwei Jahre zuvor unterwegs darin kaum etwas von der Landschaft mitbekam, weil ich mich an einer Stange stehend festhalten musste und damit beschäftigt war, das Gleichgewicht zu halten. So bringt mich nun die Centovalli-Bahn gemächlich talaufwärts und schiebt sich ächzend in zahlreichen Kurven an den grünen Hängen der bewaldeten Berge hinauf.

Am frühen Nachmittag treffe ich in Intragna ein. Check-in ist erst ab vier Uhr, deshalb schleppe ich meinen Wochenendkoffer zuerst hinunter zum Fluss. Mindestens einmal will ich während dieser zwei Tage darin schwimmen, wenn auch nur kurz. Im ersten Moment kostet es mich Überwindung, doch einmal im Wasser, genieße ich das erfrischende Bad. Mit wenigen Zügen erreiche ich die alte Steinbrücke. Wie durch ein Tor blicke ich auf die wilde Natur und diesen tiefgrünen Fluss vor mir, dessen steile, von Pflanzen überwucherten Ufer weder Ein- noch Ausstieg erlauben. Ich traue mir nicht zu, dort auf einen der Felsen zu klettern, die aus dem Wasser ragen, und so schwimme ich zurück. Ein kurzer Platzregen scheucht die Sonnenhungrigen von Strand und Felsen. Ich wende mein Gesicht den Regentropfen zu und freue mich darüber, wie sich um mich herum Kreise im Wasser bilden. Von einem großen Stein hüpfe ich an Land. Meine Sachen liegen geschützt unter einem Felsvorsprung und sind daher noch trocken. Schnell ziehe ich mich an und setze mich an einen freien Bistrotisch unter dem Dach des Hoteleingangs. Die Atmosphäre an diesem Ort ist angenehm und entspannt, doch völlig anders als vor zwei Jahren an der Hochzeit meiner Freundin, als dieses Hotel noch von einer alten Bekannten von ihr und Serge geführt wurde. Ich plaudere kurz mit der Kellnerin und will wissen, wer es nun gepachtet hat. Ein letzter Schluck Espresso, dann zahle ich und mache mich wieder auf den Weg. Eine neue Erfahrung wartet auf mich.

Erfrischt und gestärkt trage und ziehe ich meinen Wochenendkoffer also wieder den Hügel hinauf. Etwas außer Atem komme ich ans Ziel, doch klingle ich nicht sofort an der Tür dieses unscheinbaren Steinhauses, wie es sie in Tessiner Bergdörfern viele gibt. Meine Aufmerksamkeit gilt einem kleinen, offenen Gartentor, durch das ich einen Blick auf einen wildromantischen Garten, angelegt auf zwei Ebenen, erhasche. Neben der Steintreppe steht ein kleiner Bistrotisch mit Stuhl. Was für eine fantastische Alternative zum Felsen im Fluss, denke ich erfreut, bevor ich endlich an die Tür klopfe.

Die Hausherrin begrüßt mich herzlich und führt mich über eine Wendeltreppe hinunter zu meinem Zimmer. Sofort spüre ich die Energie dieses Raums und meiner Gastgeber, die nach ihrer Pensionierung hier noch einmal neu angefangen haben und sich nun der Kunst, der Literatur und neuen Begegnungen widmen.

Mein Zimmer ist schlicht, aber kreativ eingerichtet. Den Nachttisch ziert ein rot besprühter, trockener Zweig in einer grünen Glasflasche. Am Fenster mit Aussicht aufs Tal hängt ein hellbeiger Baumwollvorhang mit farbigen Pompons und schwarzen Farbkleckern drauf, die aussehen, als hätte ein Kunstmaler über dem Stoff seinen Pinsel ausgeklopft. Das Ganze wirkt verspielt und inspirierend. Ich mache ein Foto; vielleicht werde ich das auch mal ausprobieren.

Die Bücher im Holzregal sprechen mich an. Neugierig wähle ich eins aus und schmökere längere Zeit darin, bis ich mich endlich davon losreiße und mich glücklich auf dem Bett ausstrecke. Ich lasse all die Eindrücke auf mich wirken und atme den von diesem Raum ausgehenden, kreativen Geist ein.

Die Glastür nach draußen ist nur angelehnt. Ein Garten mit Pergola nur für mich allein! Ich kann es kaum fassen! Wo sonst, wenn nicht hier, würde ich schreiben können?

Am Tisch mit der dicken Granitplatte richte ich mich mit meinem Laptop ein. Das satte Grün um mich herum mit der schattenspendenden Glyzinie übertrifft meine schönsten Fantasien; nicht auf einem Felsen am Fluss, aber sehr bald im Schreibfluss ... Dieser Ort zieht mich in seinen Bann. Er hat auf mich gewartet.

Am Abend gibt mir Marina, die Hausherrin, den Schlüssel und die Adressen der drei Restaurants im Dorf und wünscht mir eine gute Zeit. «An deiner

Stelle würde ich es zuerst im «Montagna» versuchen. Die haben ein gutes Preis-Leistungsverhältnis,» ruft sie mir nach. Lächelnd winke ich ihr zu. Verhungern würde ich bestimmt nicht.

Ich setze mich an einen von Reben umrankten Tisch und sehe mich um. In diesem etwas abgelegenen Lokal sind noch nicht viele Gäste. Der Kellner wechselt freundlich ein paar Worte mit mir, als er mir das Essen bringt und den Wein einschenkt. Der Steinpilz-Risotto schmeckt köstlich; ich versuche, so langsam wie möglich zu essen, denn ohne Gesprächspartner ist so ein Gericht schnell verschlungen und die Mahlzeit im Restaurant ist die einzige Beschäftigung, die es an diesem Ort zu dieser Zeit gibt. Diskret beobachte ich das Paar am Nebentisch. Beide schauen sich immer wieder glücklich und verliebt an. Die sind wohl noch nicht lange zusammen, denke ich bei mir.

Gedankenversunken nippe ich nach dem Essen an einer Tasse Kaffee. Roy ... Ob er wohl auch ab und zu an mich denkt? Vermisst er mich manchmal auch so wie ich ihn? Eine altbekannte Traurigkeit steigt in mir auf und nimmt mich mehr und mehr gefangen.

Ich bezahle und stehe auf. Was soll ich noch länger hier allein herumsitzen? Weder ein Spaziergang durchs menschenleere Dorf noch ein Abstecher zum Fluss hinunter locken mich. Ich will nur noch in mein Zimmer zurück, um zu weinen.

«Schluss jetzt mit Selbstmitleid!», schießt es mir durch den Kopf. Was hat Olivia mal gesagt? «Es braucht eine gewisse Selbstdisziplin, um nicht an ihn zu denken und die Sehnsucht nicht zu nähren.» Ich habe es in der Hand und muss endlich aufhören, mich selbst zu sabotieren. Wenn ich mir gegenüber ehrlich bin, sehe ich, dass ich mich immer wieder gern meinen Erinnerungen und dem Schmerz hingebe, statt loszulassen.

Plötzlich kommt mir in den Sinn, dass Olivia und Serge immer von einem Restaurant am anderen Ende des Dorfes geschwärmt haben. Warum soll ich es nicht suchen gehen? Dieser Gedanke gibt mir ein Ziel und damit unerwartete Energie. Während sich meine Stimmung unterwegs zusehends hebt, denke ich daran, wie wenig es doch eigentlich braucht, um glücklich zu sein. So spüre ich echte Freude, als ich nach 20 Minuten vor dem hell beleuchteten Lokal stehe. Es ist ein altes, in den Hang hineingebautes Steinhaus, von dessen Terrasse aus man über die dicht bewaldeten Hügel und Täler sehen kann. Hier möchte ich mal essen. Das Licht der Abenddämmerung reicht gerade noch für ein Foto, dann drehe ich mich um und schlendere zufrieden durchs menschenleere Dorf zurück zu meinem B&B.

Offenbar braucht der Mensch ein Ziel, eine Aufgabe, einen Fokus. Present moment awareness: «Egal, was du machst, ob Staubwischen oder einen

Abendspaziergang, ob du kochst oder ein Gedicht schreibst: Wenn du es mit Liebe und deiner ganzen Aufmerksamkeit tust, empfindest du Freude und Glück, denn es gibt nichts anderes als genau diesen Moment. Das ist das Leben. Es findet nur im Jetzt statt.»

Roys Worte. Nun lächle ich, während ich an ihn denke.

Covid: Sorge um Roy

Es gibt keinen Tag, an dem ich nicht an Roy denke. Und so vernünftig und realistisch ich manchmal auch sein kann, so stark hat sich sein *Versprechen*, mich immer zu lieben, in mir festgesetzt. Auch rationales Denken kann mich nicht von meiner Hoffnung auf ein Wiedersehen befreien.

Im Glauben, dass mein damaliges Verhalten der einzige Grund war, warum er sich von mir zurückgezogen hat, nehme ich den Kontakt mit ihm wieder auf, denn er soll erfahren, dass ich mich verändert habe:

«Roy, heute bin ich dieser Lucy, in die du dich verliebtest und mit der du dein Leben teilen wolltest, wieder viel näher. Warum also solltest du dich noch immer von mir abwenden, wenn du mich doch liebst? Du sagtest immer, innerer Frieden ist dir das Wichtigste überhaupt. Mir auch! Und ich will die Herausforderungen und die Geschenke des Lebens annehmen und an ihnen weiterwachsen. Das Schönste davon ist die Liebe; universelle Liebe, aber auch die für den ganz besonderen, für den einen Menschen. Ich will noch immer, dass du dieser Mensch für mich bist, Roy.»

Diese Mail beantwortet er nicht. Ich unterdrücke meine Enttäuschung mit dem Gedanken, dass ich ja auch keine Reaktion erwartet habe. Mit dem Kopf glaubte ich mir das auch; mein Herz hat aber sehr wohl darauf gehofft.

*

Inzwischen häufen sich in den Nachrichten die Berichte über die hohe Zahl der Covid-Toten und die steigende Armut in den USA. Ich stelle mir vor, wie schwierig die Situation für ihn jetzt sein muss. Ob er wohl noch immer in diesem Hotel wohnt, in dem er nach dem Verlassen des Schiffs im März abgestiegen ist? Ist er vor dem Virus dort sicher? Fühlt er sich einsam und isoliert?

«Roy, ich bin in Sorge um dich. Bitte schreib mir, wo du bist, wie es dir geht und ob du Hilfe brauchst. Wenn ich etwas für dich tun kann, sag es mir bitte. Keine Erwartungen. Versprochen.»

Betty

Die ersten zehn Tage ihrer Sommerferien verbrachten Olivia und ihr Mann Serge auf einer italienischen Insel. Sie mussten ihre Reise durch Süditalien aber wegen Corona-bedingten Einschränkungen vorzeitig abbrechen. Zurück in der Schweiz haben sie für die verbleibende Zeit ein Ferienhaus hoch über dem Vierwaldstättersee gemietet und bieten mir an, sie dort zu besuchen.

Mein aktueller Einsatzplan an der Schule ermöglicht es mir durch einen glücklichen Zufall tatsächlich, dort einmal zu übernachten und am folgenden Tag direkt zur Arbeit zu fahren. Auf dem Schiff gönne ich mir ein Upgrade und genieße nun die herrliche Fahrt auf dem Oberdeck. Fast auf der ganzen Strecke bin ich hier für mich allein, sodass ich die Maske abnehmen darf. An diesem Tag fühle ich mich richtig glücklich und freue mich auf diese kostbare Zeit mit meinen Freunden. Roy ist bei mir in meinem Herzen. Es fühlt sich warm an und tut nicht weh. Er ist einfach da.

Olivia holt mich an der Bergstation der Zahnradbahn ab und auch Serge winkt mir schon von der Terrasse des Ferienhauses aus herzlich zu. Erfüllt vom Glücksgefühl, willkommen und geliebt zu sein, winke ich freudig zurück.

Vor der atemberaubenden Bergkulisse feiern wir mit einem Apéro unser Wiedersehen. «Zum Wohl. Herzlich willkommen, Lucy. Wir freuen uns sehr, dass du hier bist.»

«Danke. Es ist so schön, bei euch zu sein! Ihr seid so ein schönes Paar. Gebräunt von den Ferien, verliebt, ihr strahlt ... lasst uns ein paar Fotos machen», sage ich schnell, um nicht rührselig zu werden. Abwechslungsweise blinzeln wir im Licht der Abendsonne in die Kamera, bevor mir Serge Prosecco nachschenkt. Plaudern, lachen, den Moment genießen. So fühlt es sich an, zu Hause zu sein. Ich tunke ein Stück frisches Brot ins italienische Olivenöl und überlege dabei laut, ob Roy wohl in die Schweiz reisen und hier in Quarantäne gehen dürfte; rein theoretisch, natürlich. Halb belustigt, halb ungläubig schaut mich Serge an: «Lucy, also wirklich ...! Immer noch?»

«Nur so ein Gedanke», verteidige ich mich. Aber die Idee zaubert ein Lächeln auf mein Herz.

Kopfschüttelnd, aber liebevoll schmunzelnd zieht er sich in die Küche zurück, um das Fleisch auf dem Grill zu wenden. Währenddessen lehnen Olivia und ich uns mit geschlossenen Augen zurück und lassen uns von den letzten warmen Strahlen der untergehenden Sonne küssen.

«Ragazze, seid ihr bereit, habt ihr Hunger?» Serge hebt die Teller vom Küchentisch und balanciert alle drei gleichzeitig, wie es sonst nur ein erfahrener Kellner kann.

«Und wie! Herrlich, wenn man einfach dasitzen und sich vom Chefkoch persönlich das Essen servieren lassen kann, danke, Serge!» Es duftet und das Auge isst mit: Liebevoll angerichtetes, regionales Fleisch mit Gemüse, das sie aus Italien mitgebracht haben. Ferien auf dem Teller. Vor meinem inneren Auge sehe ich die Sonne des Südens im Meer versinken. Wir lassen die Gläser klingen. «Salute und buon appetito!»

So neigt sich ein unbeschwerter Abend dem Ende zu. Inzwischen ist es dunkel und etwas kühl geworden. Mit dem Weinglas in der Hand wechseln wir ins Wohnzimmer, wo mir Olivia einige Fotos von der italienischen Insel zeigt, auf der sie waren. Einen Espresso später ziehe ich mich ins Zimmer zurück.

Es liegt im Parterre am Hang mit Gartensitzplatz. Durch die Fensterfront sehe ich auf Wiesen und Bäume, zwischen deren Äste weit unten der See im Mondschein schimmert. Ich gehe kurz hinaus und schaue zum Himmel hoch; in den Bergen leuchten die Sterne heller. «What a Wonderful World!» Mit dieser Melodie im Kopf krieche ich ins Bett und kuschle mich in die warme Decke ein.

*

Ich habe wunderbar geschlafen. Meine innere Uhr lässt mich vermuten, dass es bald Zeit fürs Frühstück ist. Ich schaue aufs Handy und schalte den Flugmodus aus.

Auf WhatsApp erscheint ein Gruß von meinem Sohn, der wissen will, wie es mir geht. *«Sehr gut, danke, Thierry. Es ist so schön hier!»* Mit einem Klick gehe ich weiter zu den Mails. Als ich Roys Namen lese, stockt mir der Atem.

«Hi Lucy

Danke für deine Sorge und dein Angebot. Du bist einer der gütigsten und großzügigsten Menschen, die ich je getroffen habe.

Ich entschuldige mich, dass ich dir nicht früher geschrieben habe. Bitte verzeih mir das.

Um deine Fragen zu beantworten: Es geht mir gut. Ich wohne derzeit auf Long Island, New York. Vor ungefähr einem Jahr lernte ich eine Dame kennen, der ich durch einige schwierige Dinge half. So wurden wir gute Freunde, und sie bot mir an, ihr Sommerhaus mit mir zu teilen. Seither sind wir uns nähergekommen und arbeiten daran, eine Beziehung aufzubauen. Ich weiß, dass es nicht angenehm für dich ist, das zu hören, deshalb habe ich immer wieder aufgeschoben, es dir zu sagen.

Lucy, du bist ein außergewöhnlicher Mensch und hast so viel zu geben. Es tut mir aufrichtig leid, dass wir keinen gemeinsamen Weg finden konnten. Wir haben es beide mehrmals versucht, aber wir haben es nicht geschafft. Ich entschuldige mich nochmals für meinen Anteil am Scheitern. Ich hoffe und freue mich auf den Tag, an dem wir gute Freunde werden können anstatt Ex-Geliebte. Du wirst immer in meinem Herzen sein.

With love, always, Roy»

Mein Herz schlägt bis zum Hals. Dann brechen die Tränen aus mir heraus. Vor ungefähr einem Jahr ...! Beziehung aufbauen ... Es tut so weh!

Oben warten Olivia und Serge mit dem Frühstück. «Hallo, guten Morgen, liebe Lucy, wie hast du geschlafen?» Ihr Lächeln verschwindet schlagartig, als sie mir in die Augen sehen, die sich wieder mit Tränen füllen. Olivia schaut mich fragend an: «Roy?» Ich nicke stumm, dann zwinge ich mich zu einem Lächeln und erzähle von seiner Nachricht.

Olivia nimmt mich liebevoll in die Arme und drückt mich. Dann führt sie mich behutsam zum Tisch und schenkt mir Kaffee ein. Beide schauen mich mitfühlend an und sagen nicht viel. «Ein Jahr ist lang, er hätte es dir schon etwas früher sagen sollen.» Ich bin dankbar dafür, dass es die einzige kritische Bemerkung Olivias bleibt. «Nein, es ist gut, dass er so lange damit gewartet hat. In dieser Zeit habe ich einige Dinge erkannt und gelernt. Hätte ich es früher gewusst, wäre vieles nicht entstanden. Es tut nur so weh ...!»

Der Gedanke an meine Abreise betäubt kurz den Schmerz. Ich schaue auf die Uhr. «Ich muss gehen, sonst komme ich zu spät zur Schule.» Olivia reicht mir eine Packung Taschentücher und nimmt den Autoschlüssel. Auch auf dem Weg zur Bergstation der Zahnradbahn, die mich hinunter zum Schiff bringt, sprechen wir nicht viel. Diese Stille ist wie ein warmes Tuch, das mich tröstend einhüllt. Es tut gut, einfach die Nähe meiner Freundin zu spüren.

Wir umarmen uns noch einmal innig, dann steige ich ein. Ich bin froh, darf ich mich hinter meiner Maske verstecken.

*

Ich erkenne es sofort: Es ist das gleiche Schiff wie damals, als ich mit Roy einen Sonntagsausflug machte. Zum Glück sind nicht viele Leute um mich herum. Da, an diesem Tisch saßen wir ... Fast gewaltsam reiße ich mich aus diesen Gedanken, zwinge mich, aus dem Fenster zu blicken. Langsam und leise gleitet das Schiff an den steilen Felswänden vorbei.

In Brunnen habe ich direkten Anschluss an den Zug und muss nur einmal umsteigen. Ich bin unendlich dankbar für die Hygienemaske, hinter der ich meinen Schmerz stumm hinausschreien kann. Auch hier beachtet mich niemand.

*

Pünktlich um eins stehe ich vor dem Schulgebäude. Ich atme tief ein und schaffe es ungesehen zur Damentoilette. Noch einmal schnäuzen, kaltes Wasser und Puder ins Gesicht, dann hole ich den Schlüssel und zwinge mich, den inneren Schalter zu kippen.

Der Unterricht verläuft erstaunlich gut. Die Schüler stellen viele Fragen zur Grammatik und arbeiten voll motiviert mit. Ihre Energie gibt mir Kraft und macht mir bewusst, dass sie mir vertrauen. Ich darf sie nicht enttäuschen. So gebe ich mein Bestes und bekomme viel zurück.

Bis am Abend ist die Trauer vorübergehend positiven Gedanken gewichen im Bewusstsein, dass alles so ist, wie es sein muss. Weder Roy noch dieser Frau gegenüber habe ich negative Gefühle. Im Gegenteil. Sie ist sein Engel, der ihn im richtigen Moment vor den schlimmsten Herausforderungen der Pandemie gerettet hat und kann ihm das Zuhause geben, das ich ihm so sehr gewünscht habe.

Mit einer Tasse Tee in der einen und dem iPad in der anderen Hand rolle ich mich zu Hause auf dem Sofa in eine warme Decke ein. Mit einer Mischung aus Neugier und Selbstmitleid durchsuche ich Roys Facebook-Profil und finde unter seinen Fotos das einer Frau, die fast ein wenig schüchtern neben ihm posiert. Wenige Wochen zuvor habe ich das Bild schon einmal gesehen, mir aber keine allzu großen Gedanken darüber gemacht.

Nun sehe ich auf ihrem Profil, dass sie auf Long Island wohnt. Das muss sie sein: Mir typähnlich, aber fröhlicher. Ich lasse meinen Tränen freien Lauf. Dann gebe ich, wie so oft, meinem ersten Impuls nach und schreibe ihm zurück, was ich gerade fühle.

«Lieber Roy

Ja, es hat zwischen uns nicht funktioniert, weil ich damals noch nicht bereit war. Ich machte Fehler. Mir die zu verzeihen, musste ich zuerst lernen. Inzwischen habe ich mich verändert, aber zu spät. Ich bin so traurig, dich loslassen zu müssen. Unsere Seelen hatten sich doch berührt!

In diesem Augenblick fühle ich Frieden in mir. Ich weiß, dass die Vergangenheit nicht anders sein konnte und die Gegenwart ist, was sie ist. Ich will darauf vertrauen, dass die Dinge richtig sind, so wie sie sind. Du hast gesagt, ich müsse lernen, zu akzeptieren. Das tue ich, wenn auch unter Tränen. Und es wird mir wohl nicht immer gelingen. Aber ich bin dankbar dafür zu wissen, dass du in Sicherheit bist, dass es dir gut geht und du nicht einsam bist.

Die Augen der Frau an deiner Seite strahlen, bestimmt lacht sie oft. Was könnte ich dir Besseres wünschen? Sei mir nicht böse, dass ich deinen Facebook-Account durchforscht und ihren Namen gefunden habe. Ich wünsche dir und Betty alles Gute, Roy. Ich brauche einfach Zeit, um dich nicht mehr so sehr zu vermissen und nicht mehr so traurig zu sein. Und verzeih mir, dass ich es dir nicht verschweige.

With love, always, Lucy»

Kaum habe ich meine Antwort abgeschickt, sehe ich die Nachricht von Olivia mit wunderschönen Fotos:

«Carissima amica mia

Nach deiner Abreise sind Serge und ich auf diesen Berg hier hochgestiegen und während der ganzen Wanderung warst du in meinen Gedanken an meiner Seite. Schau! Was für eine Aussicht!

Ich dachte mir: Was, wenn es im Bewusstsein einen solchen Ort gäbe – und vielleicht gibt es ihn – einen solchen Ort, der es ermöglicht, wie von oben auf die eigene Existenz und die eigene innere Geschichte zu blicken und alles zu erkennen: Die Wege, die wir gegangen sind, die Begegnungen. Die Auf- und die Abstiege, die Gewässer, die wir überquert haben; die Hindernisse, vor denen wir mit pochendem Herzen angehalten haben; die Abgründe, die uns zum Umkehren gezwungen haben und dazu, die Richtung zu ändern ... an diesen wundervollen Wiesen voller duftender Blumen vorbei, immer auf dem Weg, bis wir diesen Ort erreichen; ohne Abkürzung und ohne Bahn oder Lift nach oben, nur durch die eigene Kraft, Schritt für Schritt, mit jedem Atemzug ... um schließlich ganz oben anzukommen und zu verstehen; mit alledem im Einklang zu sein – mit der Reise, mit uns selbst.

Du warst auf der ganzen Wanderung bei mir. Da ist mir diese Geschichte in den Sinn gekommen:

Oft oder gar immer geschieht es, dass wir uns unsterblich in den Finger verlieben, der uns den Mond zeigt und uns einen Schatz entdecken lässt: Den Schatz, ein Licht zu erkennen, einen Weg – um uns selbst zu finden? Unsere Mitte? Das Glück? Oder etwas anderes?

Wir möchten nichts sehnlicher, als zusammenzubleiben, und manchmal gelingt es. Doch oft geht man nur ein Stück weit miteinander. Ob kurz oder lang – der Wunsch, gemeinsam des Weges zu gehen, erfüllt immer unser Herz. Wie könnte man so etwas vergessen? Was, wenn der Finger verschwindet? Dann ist vielleicht der Moment gekommen, diesen Weg zum Licht, den nur du selbst, mit deinen Augen, mit deinem Herzen erreichen kannst, allein zu gehen.

Das ist das Schönste und Wertvollste, was dir diese Hand in deine Hand gelegt hat, bevor sie verschwand.

Ich habe dich unendlich lieb, Olivia»

Die Worte meiner Freundin berühren mich zutiefst. Schluchzend lege ich den Laptop beiseite. Eine Flut von Dankbarkeit und Liebe spült den Schmerz aus meinem Herzen und erfüllt es mit hellem Licht.

*

Einige Tage später mache ich mich auf die Suche nach *diesem Ort* und fahre allein in die Berge. Ich brauche Zeit und Ruhe. Meine Wanderung führt mich über eine Krete von einem Berggipfel zu einem andern. Es tut gut, die Höhen und Tiefen nicht nur in meiner Seele, sondern auch unter meinen Füßen zu spüren und von weit oben auf Hügelzüge und Seen hinunterzublicken. Aber *diesen Ort* finde ich auch in dieser atemberaubenden Landschaft nicht. Noch nicht.

Über Gott und die Welt

Ich brauche Ferien; Zeit und einen ruhigen Ort, an dem ich mich voll dem Schreiben widmen kann. Hoch über dem Vierwaldstättersee finde ich die Stille, die mich inspirieren soll.

Ich schaue aus dem Fenster meines kleinen Zimmers. Auf dem gegenüberliegenden Felsen hebt sich das ehemalige Grandhotel Sonnenberg in Seelisberg von den herbstlichen Farben der Landschaft ab. Hier hatte Maharishi, der Gründer der TM (Transcendential Meditation) und Guru, dem seinerzeit auch die Beatles gefolgt waren, seinen internationalen Hauptsitz.

Ist es Zufall, dass ich mir genau diesen Ort ausgewählt habe? Die TM ist Roys zentrales Thema, sein wichtigster Halt im Leben. Was er damals davon ausstrahlte, war das, was mich unbewusst zu ihm hinzog; das, was er mit mir teilen wollte. Als mich Roy zum ersten Mal in der Schweiz besuchte, erlebten wir von der Vorweihnachtszeit bis Ende Jahr unsere schönste Zeit. Wir waren noch im Fluss dieser Liebe, die den anderen mit weit geöffnetem Herzen erkennt. Täglich meditierten wir miteinander und schauten uns danach in die Augen, mit dem Glücksgefühl zweier Menschen, deren Seelen sich gerade berührt hatten.

Gedankenversunken schaue ich aus dem Fenster. Mit einem Ruck zwinge ich mich in die Gegenwart zurück. Die untergehende Sonne hüllt den Palast und den Felsen in goldenes Licht. Zeit fürs Abendessen.

Ich suche mein Namensschild und entdecke es auf einem Tisch, an dem zwei ebenfalls allein angereiste Frauen sitzen, die sich gerade Salat vom Buffet geholt haben und sich nun einander vorstellen. Freundlich werde ich als dritte im Bunde begrüßt und schon nach kurzer Zeit stellt sich heraus, dass wir etwas gemeinsam haben: das Schreiben.

Ich erfahre, dass die Theologin hier in der Abgeschiedenheit gerade an einem weiteren Sachbuch arbeitet. Die andere, eine sozial engagierte Frau mit rebellischer Lebenskraft, die sie, wie sie sagt, von oben bekommt, verarbeitete die tragischen Ereignisse in ihrem Leben mit dem Verfassen eines Buches. Und da bin noch ich.

Als würden wir uns schon lange kennen, diskutieren wir schon nach kurzer Zeit im wahrsten Sinne über Gott und die Welt. Einmal mehr führt mich mein Weg zu Menschen mit diesen Themen. Egal, aus welcher Richtung sie kommen, ob aus der Religion, der Psychologie, der Wissenschaft oder der New Age-Bewegung, die Essenz all dieser Sichtweisen und Lehren ist immer die Gleiche: Das Bewusstsein, sich selbst und alles, was ist, als Teil des Ganzen wahrzunehmen und Veränderungen als Fluss des Lebens zu verstehen. Durch Roy hat das in mir eine tiefere Resonanz gefunden und mich dazu gebracht, mich mehr und aus einer anderen Perspektive damit zu beschäftigen.

Es ist bereichernd und tut mir gut, mit diesen Frauen Gedanken und Erlebnisse zu teilen. So erzähle ich ihnen auch von den Gedanken, die ein Erinnerungsfoto von einem indischen Tempel auf Facebook in mir ausgelöst hat.

Wer sind eigentlich Shiva, Krishna oder wie sie alle heißen? Warum nehmen diese Götter plötzlich die Gestalt eines Elefanten, eines Affen oder sonst eines Tiers an? Auf meiner Reise vor zehn Jahren befremdete mich das und stieß mich sogar ab. Aber sind diese Figuren vielleicht nur Ausdruck unendlich vieler Formen göttlicher Manifestation? So, wie wir alle und alles, was ist?

Aus dieser Perspektive ergäbe das für mich Sinn, auch wenn mir diese Religion sehr fremd bleibt. Ehrlich gesagt, weiß ich auch nach mehreren Tempelbesuchen während meiner Reise in Indien praktisch nichts darüber. Als spiritueller, jedoch nicht religiöser Mensch verbinde ich religiöse Rituale eher mit einem Gefühl des Unbehagens. Trotzdem interessiert mich dieses Thema und ich will mich anderen Denkweisen nicht mehr verschließen, denn die Auseinandersetzung damit bietet mir die Möglichkeit eines neuen Blickwinkels auf Dinge außerhalb meiner Gewohnheiten.

Nicht so wie damals, als ich nach anfänglich bedingungslosem Interesse innerlich begann, es als eine Art Gehirnwäsche zu empfinden und in Frage zu stellen, wenn sich Roy – wie ich fand – zu sehr mit Vorträgen seiner Gurus beschäftigte. Dies, obwohl ich mit deren Aussagen durchaus einig ging. Mit einer gewissen Arroganz fand ich, dass ich all das im Grunde genommen schon lange wusste, was Roy sogar bestätigte: «Das stimmt, Lucy. Es geht um das Bewusstsein dessen, was man tief im Inneren bereits weiß und IST.»

Wie gern würde ich heute mit ihm auf Augenhöhe über diese Dinge sprechen. Damals zerstörte ich mit provokativen Fragen und Aussagen die Chance auf echten Austausch und interpretierte meine Ignoranz als mein Recht auf eine eigene Meinung. Das war der Anfang unserer Konflikte gewesen, denn bei beiden waren nun alte Wunden aufgerissen: Was unsere Herzen zu Beginn sogar blind zu erkennen vermochten, übersetzte unser eigener Schmerz nun in Angriff oder Dominanz. Damit wurde die Möglichkeit verbaut, einander das zu geben, was wir gebraucht hätten. Stattdessen wuchs das Gefühl, nicht gehört, zurückgewiesen und abgewertet zu werden. Das waren Wunden aus der Kindheit, auf die anfangs vor allem ich mit dem Muster reagierte, das ich gelernt hatte: mit Angriff, Verteidigung, Rechtfertigung und schließlich mit Ohnmacht. All das, was Roy um jeden Preis verhindern wollte, um sich nicht selbst wieder darin zu verlieren. Dass es ihm nicht gelang, konnte er nicht ertragen, suchte er doch Erleuchtung. Disharmonie brachte ihn von seinem Weg ab, brachte seinen inneren Frieden ins Wanken, nach dem er sich doch so sehr sehnte. Er durfte nicht länger zulassen, dass er sich dadurch von diesem Ziel entfernte.

«Lassen sich die Gefühle eines vierjährigen Jungen erahnen, dessen geliebte Oma ihn mit gut gemeinten Worten immer wieder wegschickt, als seine leibliche Mutter plötzlich wieder in sein Leben tritt?

‹Geh Junge, das ist deine Mama, dort ist nun dein Zuhause.› Er weint. Rennt weg. Zurück zu ihr, sie ist doch seine Mama! Sie schickt ihn jedoch immer wieder zu dieser Frau, die ihm fremd ist und von der er sich nicht geliebt fühlt. Auch zwei Jahre später findet er seinen Platz nicht in dieser Familie, den sein kleiner Halbbruder schon mit dem ersten Schluck an der Brust dieser Frau einsaugt, die auch er Mama nennen soll. Mit der Logik eines Vierjährigen gräbt sich das Gefühl, zurückgewiesen zu werden, tief in die verzweifelte Kinderseele ein.»

Ist es Roy gelungen, diesen kleinen Jungen in die Arme zu nehmen oder war der Schmerz so groß, dass er ihm niemals mehr begegnen wollte?

Ich selbst erkenne erst nach und nach, wie sehr mich mein inneres Kind braucht.

*

So quälen mich noch immer Selbstvorwürfe, auch wenn mir bewusst ist, dass ich mit diesen Gedanken nur meinen Schmerz nähre, der den jetzigen Augenblick besetzt und blockiert. Roy hatte recht. Gedanken sind nicht die Realität. Und tief in meinem Inneren weiß ich, dass mein Entwicklungsprozess ohne die schmerzliche Auseinandersetzung mit mir selbst, die nur durch unseren Bruch in Gang kommen konnte, wohl so nicht stattgefunden hätte. Ich wünschte, ich könnte diesen Weg an seiner Seite gehen, den ich damals nur erahnen konnte und der mir heute selbst so wichtig ist: Den Weg, mich selbst und den inneren Frieden zu finden.

Ich denke an ein kleines Hafenrestaurant, an Fried Chicken und Salat. Nach einer langen Sightseeing-Tour durch die Stadt fanden wir diesen ruhigen Ort. Als ich gedankenverloren ein Nugget in Ketchup tunkte, schaute er mir in die Augen und fragte: «Könntest du dir denn vorstellen, hier in den USA zu leben, Lucy?»

«Nicht wirklich ...», antwortete ich schließlich zögerlich, «ich bin wohl zu sehr verankert in meinem Alltag, meinem Leben in der Schweiz. Ich bin diese Dimensionen hier nicht gewohnt.»

Roy nickte nachdenklich und meinte dann: «Weißt du, ich trage meinen Anker immer in mir.»

Ich legte meine Hand auf seinen Arm. «Ja, Roy, ich weiß. Das ist wunderschön.»

Wechselbad der Gefühle: Es ist gut, wie es ist

Trauer und Freude wechseln sich ab. Oft bin ich überzeugt, es geschafft zu haben, denke, es würde nicht mehr wehtun. Ich habe gelernt, meinen liebevollen Gedanken mehr Raum zu geben als dem quälenden Gedankenkarussell.

Inzwischen ist anfangs Oktober. Die Sorge darum, ob ich mit dem bevorstehenden Online-Teaching zurechtkommen würde, belastet mich, wenn auch nicht ganz so stark, wie das früher der Fall gewesen wäre. Aber als dann auch noch andere technische Probleme mit den Handy- und iPad-Updates hinzukommen, spüre ich diesen Druck immer häufiger auch wieder körperlich.

Roy könnte mir helfen. Er kennt sich mit diesen Dingen gut aus. Er versuchte mehrmals, sie mir zu erklären, doch auch das wies ich ab. «Ach, es macht mich einfach krank. Ich will das jetzt nicht anschauen. Komm, Roy, lass uns lieber miteinander singen.»

Wie kann es sein, dass ich die Chance nicht wahrnahm, mir von ihm helfen zu lassen? Warum wehrte ich immer alles ab? Jeder Mensch möchte doch das Gefühl haben, gebraucht zu werden. Ich hatte es ihm so oft verwehrt und Gelegenheiten verpasst, ihm zu zeigen, dass ich ihn brauchte! Fassungslos darüber lasse ich mich von solchen Gedanken und Selbstvorwürfen wieder gefangen nehmen.

Zwei Schritte vorwärts, einen zurück im Kampf mit mir selbst und dem Schmerz, dass eine andere Frau den Platz eingenommen hat, den ich mir so sehr wünsche. Wer ist sie? Die wenigen Posts auf Facebook, die ich von Betty entdecke, zeigen sie als fröhliche, warmherzige Frau. Ich mag sie und sehe ihre Beziehung mit Staunen und Dankbarkeit als wundersame Fügung des Schicksals. «Das Universum gibt uns genau das, was wir suchen, wenn wir ihm vertrauen und uns nicht an etwas festklammern, das uns nicht guttut.» Sie hatten sich zum richtigen Zeitpunkt kennengelernt.

Wenn ich mit meinem wahren ICH verbunden bin, freue ich mich ehrlich für die beiden. Nur mein Ego tut sich immer wieder mal schwer damit. Meistens dann, wenn die Sehnsucht nach Roy zu groß ist und diese edlen Gefühle boykottiert. Sie nährt die Hoffnung, irgendwann doch wieder mit ihm zusammenzukommen. Gleichzeitig ist mir bewusst, dass er sich dafür von Betty trennen müsste. Aber wieso sollte er? Er hatte sich doch schon lange gegen mich und für sie entschieden; zweifellos eine gute Wahl. Wann werde ich das endlich begreifen?

Würde ich ihren Schmerz denn wollen? Nein, bestimmt nicht. Glück kann man nicht auf dem Unglück anderer aufbauen. Aber vielleicht würde sie ihn verlassen? Doch warum sollte sie?

Nur das Leben selbst findet den Weg für jeden von uns.

Dieser innere Kampf ist mir absolut bewusst. Endlich entscheide ich, dass ich ihn nicht mehr führen will. Das geht aber nicht von heute auf morgen und kostet Kraft.

Weekend mit Olivia

Olivia hatte sich wie jedes Jahr für ein zehntägiges Retreat angemeldet. Wegen Covid dauerte es diesmal nur eine knappe Woche. Für das in ihrem Kalender unerwartet frei gewordene Wochenende haben wir bereits Pläne geschmiedet und ich freute mich auf die zwei Tage mit ihr in einem kleinen Städtchen an der deutsch-schweizerischen Grenze.

Dass es die ganze Zeit über bedeckt und kühl ist, stört uns ebenso wenig wie die Tatsache, dass sie mit ihrem verletzten Bein nicht weit gehen kann. Am Abend vor meiner Ankunft ist sie im dunklen Hotelzimmer gestolpert, als sie nach dem Lichtschalter suchte, aber zum Glück hat sie sich beim Hinfallen nicht ernsthaft verletzt. Nun stopfen wir zur Kühlung ihres Beins eine kleine Champagnerflasche aus der Minibar in ihren Strumpf, bis wir vor lauter Lachen kaum das Handy ruhig halten können. Die verwackelten Fotos sind Zeugen unseres Übermuts und mir dafür umso kostbarer. Olivia zieht die Flasche wieder aus dem Strumpf und zwinkert mir zu: «Eigentlich schade um den Champagner. Komm, stoßen wir besser damit auf unser gemeinsames Wochenende an, solange er noch kühl genug ist!»

Mit dem Glas in der Hand und ein paar Cracker machen wir es uns im Hotelzimmer gemütlich.

Erst, als es dunkel wird, gehen wir zum Abendessen raus. Die gemütliche Atmosphäre des Lokals in der mittelalterlichen Altstadt lässt uns vergessen, dass das Essen nicht ganz so gut schmeckt, wie wir es nach dem Blick in die Karte erwartet haben. Dafür genießen wir die geschmackvolle, antike Einrichtung und die freundliche Bedienung. Nach einem Espresso spazieren wir langsam über die nahe Holzbrücke in die Schweiz und wieder zurück.

Wieder im Hotel berichtet Olivia von ihrem Retreat. Sie erzählt von verschiedenen Meditationstechniken und von Körperarbeit; davon, wie sich bei ihr dabei eine alte Blockade löste und wie wichtig diese Erfahrung für ihre Beziehung mit ihrer älteren Tochter ist. Sie spricht von Berichten anderer Teilnehmer und von Begegnungen, die das Leben der betreffenden Personen entscheidend veränderten. Bis spät in die Nacht hinein tauschen wir uns aus und schlafen schließlich mit dem Gefühl ein, einen Schatz geteilt zu haben.

Diagnose

Wenige Wochen später ruft mich Olivia an. Sie habe einen kleinen Knoten in ihrer linken Brust entdeckt und sei deshalb bei der Ärztin gewesen. Mit Zweckoptimismus verdrängen wir unsere Sorgen und Ängste. Trotzdem – oder gerade deshalb – kommt Olivia am Abend vor meinem Geburtstag extra noch vorbei, um mir ein Geschenk zu bringen, doch bleibt sie unter der Türe stehen und behält ihre Maske auf. Wir wollen kein Risiko eingehen. Auch jetzt, in diesen wenigen Minuten, zeigen wir uns betont unbeschwert.

«Übermorgen habe ich bereits die Biopsie.»

«Gut, dass du nicht lange warten musst. Alles wird gut, Olivia.»

Wir lachen beide, um einander Mut zu machen. Bestimmt ist es nur eine Zyste. Es kann gar nichts anderes sein. Bestimmt nur eine Zyste!

Vier Tage später erfahre ich die Diagnose: Brustkrebs.

Im ersten Moment bin ich wie betäubt. Olivia hat Krebs! Das kann nicht sein! Die Angst kriecht langsam vom Kopf in mein Herz und breitet sich in meinem ganzen Körper aus.

Auch bei ihren beiden Töchtern sitzt der Schock tief. Per WhatsApp sprechen wir einander Mut zu und beten dafür, dass sich die schlimmste Diagnose eines sekundären Krebses nicht bestätigen wird.

Olivia ist tapfer und informiert sich intensiv über das, was ihr nun bevorsteht. Sogar eine Perücke hat sie schon ausgewählt. Doch sie ist sehr ernst geworden. Der Operationstermin steht fest und die Chemotherapie wird wohl noch vor Weihnachten beginnen. Ich darf mir gar nicht vorstellen, was das bedeutet.

*

Samira und Malu wollen für ihre Mutter einen Adventskalender basteln. Sehr berührt, dass sie mich in ihr Projekt einbeziehen, schlage ich einen gemeinsamen Abend bei mir zu Hause vor. Schon beim Essen sammeln wir Ideen für kleine Geschenke, die wir in 24 Tüten stecken wollen.

«Die Handschuhe übernehme ich, hab in der Altstadt welche gesehen», meint Samira und legt zufrieden den Kugelschreiber beiseite. Endlich fühlen wir uns ein bisschen weniger hilflos; wir können etwas tun! Der Gedanke, Olivia mit liebevollen Worten und Aufmerksamkeiten zu zeigen, wie sehr wir sie lieben, gibt uns Kraft.

Während unserer individuellen Einkaufstouren am nachfolgenden Samstag schicken wir einander Fotonachrichten: «Was meint ihr, soll ich diese

Handschuhe kaufen oder doch lieber jene in der anderen Farbe?»

«Cool, nein, nimm die!»

«... und was meint ihr zu dieser Schachtel ...?»

«Nö, nicht wirklich ...»

«Hey, ich hab' grad was gesehen ...!»

Am Abend packen wir die 24 kleinen Geschenke für Olivia ein, die wir zusammen mit liebevoll geschriebenen Kärtchen in einem Korb anordnen. Das gemeinsame Gestalten stimmt uns fröhlich und erfüllt uns mit einer wundervollen Energie und einem Gefühl der Verbundenheit. Samiras Partner hat inzwischen gekocht. Auch am Tisch herrscht eine gelöste Stimmung. Geteiltes Leid ist halbes Leid. Gerade jetzt ist es so.

*

Die Operation ist gut verlaufen und man hat nur den Tumor entfernt. Während Olivias Spitalaufenthalts habe ich wiederum intensiven Kontakt mit ihren Töchtern. Gegenseitig machen wir uns Mut und hoffen, dass von allen Möglichkeiten die Schlimmste nicht eintreffen wird. Endlich kommt diesbezüglich tatsächlich die Entwarnung: Es handelt sich um einen primären, nicht um einen metastatischen Krebs, wenn auch um eine sehr aggressive Art.

In den zwei Wochen bis zum Start der Chemotherapie belastet mich die Sorge um meine liebe

Freundin sehr. Olivia ist sehr ernst geworden, und das Schlimmste für mich ist, sie wegen Covid nicht besuchen und in die Arme nehmen zu können. Der Gedanke daran, wie die Medikamente ihren Körper schädigen werden, ist mir unerträglich.

Doch dann entscheidet sie sich kurzfristig gegen die Chemo. Sie hat weiter recherchiert und mit zwei Ärzten gesprochen, hat Pro und Kontra nochmals sorgfältig abgewogen. Ihr ist klar geworden, dass sie mit der Therapie ihre körpereigenen Abwehrkräfte zerstören würde, die jedoch durchaus auch – wenn nicht gar besser – in der Lage sind, etwaige schlafende Tumorzellen im Körper aufzuspüren. Warum also sollte sie mit Chemie ihr Immunsystem zerstören? Lieber will sie es mit alternativen Methoden stärken.

Mir fällt ein riesiger Stein vom Herzen, als sie es mir sagt. Ich spüre, dass es die richtige Entscheidung ist. Wenn es jemand aus eigener Kraft schafft, dann Olivia. Und daran zweifle ich keinen Moment.

Zusammenbruch

Auch diese sorgenvolle Zeit hat ihre Spuren hinterlassen. Immer öfter fühle ich mich kraftlos und deprimiert.

Im Yoga stelle ich frustriert fest, dass ich keine Fortschritte mehr mache, seit meine Lehrerin in den Ferien ist und sich deshalb vertreten lassen muss. Ausgerechnet hier, wo ich mir doch etwas Gutes tun möchte, fühle ich mich so ungelenkig wie nie zuvor. Die Lektion scheint ewig zu dauern. Am liebsten würde ich meine Sachen packen, doch ich zwinge mich, durchzuhalten.

Schon den ganzen Vormittag habe ich mich müde, schwach und weinerlich gefühlt. Mein rechtes Bein ist blockiert und ich fühle mich uralt. «Bin ich nun mit 60 am Anfang vom Ende?», denke ich in leiser Verzweiflung. Wann hat man mir das letzte Mal gesagt, man würde mir mein Alter nicht ansehen?

Da durchfährt es mich mit Schrecken: Ich befinde mich im letzten Drittel – vielleicht sogar im letzten Viertel – meines Lebens. Für vieles wird es bald zu spät sein. Was ist mir wichtig? Was will ich noch erleben? Vielleicht bleibt mir nicht mehr viel Zeit.

Endlich sitze ich im Zug nach Hause und lese eine Nachricht von Thierry. Er will mit seiner Freundin kurz vorbeikommen. Normalerweise würde ich mich darüber freuen, aber heute habe ich einfach keine Energie für Besucher. Für gar nichts. «Tut mir leid, Thierry, ich bin erschöpft und hab deshalb einen Massage-Termin bei Maya.»

«Oh, das tut mir leid. Aber schon okay. Ja, mach das und grüße Maya von mir. Gute Besserung, Mami.» Zum Glück hat Maya tatsächlich noch einen Termin frei.

*

Um halb fünf bin ich bei ihr. Sie sieht mir sofort an, dass es mir nicht gut geht. «Komm, wir trinken zuerst eine Tasse Tee.» Maya zieht mich ins Wohnzimmer und nimmt mir meine Jacke ab.

Wie ein Häufchen Elend setze ich mich auf ihr Sofa. Psychisch und körperlich erschöpft, kann ich die Tränen nicht mehr zurückhalten. Ich spreche über meine tiefe Traurigkeit. Diesmal hat der Schmerz nicht nur mit Roy zu tun, er liegt tiefer und ich spüre, dass nun endlich die alte Wunde am Aufbrechen ist, nach der ich so lange gesucht habe: Die Verletzungen meiner Kindheit. Eigentlich ist das nicht neu; schon lange habe ich vermutet, dass meine Gemütsschwankungen und depressiven Stimmungen damit zusammenhängen müssen. Ich habe auch schon mit Freundinnen darüber gesprochen, bin bisher aber immer analytisch, emotionslos und distanziert geblieben, als würde ich es von außen betrachten. Doch jetzt bin ich mittendrin und mit meinem inneren Kind in Kontakt.

Maya hört mir aufmerksam zu, als ich davon erzähle, dass die Geliebte meines Vaters am gleichen Tag Geburtstag hatte wie ich, und dass meine Mutter mir das immer wieder mit abwertenden Bemerkungen vorgehalten hat. «Sie sagte ...» In diesem Moment schüttelt es mich. «Das ist es, Maya. Das muss es sein. Sonst würde ich jetzt nicht so heulen. Weißt du, ich glaube, für meine Kinderseele muss sich das so angehört haben, als wäre etwas falsch mit meinem Geburtsdatum. Vielleicht sogar damit, dass ich geboren wurde!» Maya reicht mir mehr Taschentücher. Ich schnäuze, dann fahre ich fort: «Sie sagte oft mit spöttischer Stimme Dinge wie: ‹Du bist eben ein Skorpion. Skorpione sind so. Sie sind leidenschaftlich, sinnlich, rücksichtslos.›»

Bei diesen Worten heult es einfach. Meine Freundin hört zu, nimmt mich in den Arm.

«Danke dir, Maya. Ist schon gut ... Ich bin froh, dass es endlich rauskommt ... Weißt du, sie nannte mich auch oft Kuh oder Gans – alles Mögliche, wenn sie gestresst war. Und wenn ich zu Freundinnen nach Hause gehen wollte, meinte sie: ‹Deren Eltern wollen sicher auch nicht ständig fremde Balge bei sich haben.› Ich ging trotzdem, aber damit hatte sie mir meine Unbekümmertheit genommen. Das machte mich auch im späteren Leben unsicher, ob ich willkommen bin. Jetzt kommt mir noch eine Erinnerung: Mit 15 war ich Au-pair-Mädchen in Lausanne. Als ich zu Hause mal anrief, hatte sie gerade in einer Zeitschrift eins meiner Gedichte gelesen: ‹Es ist sehr schön. Ich wusste gar nicht, dass du so gefühlvoll und sensibel bist. Und ich dachte immer, du würdest über Leichen gehen …› Eine Mutter glaubt von ihrem Kind, es würde über Leichen gehen! Kannst du dir das vorstellen, Maya? Ich weiß nicht mehr, wie ich damals reagierte …»

In diesem Moment fällt es mir wie Schuppen von den Augen: «Wie hätte ich lernen sollen, mich selbst zu lieben?» Inzwischen habe ich aufgehört zu weinen.

«Wie fühlst du dich jetzt?», fragt Maya nach einer Weile. «Schwach. Erschöpft … Maya, es geht mir nicht darum, schlecht über meine Mutter zu reden. Ich weiß, dass sie mich liebte. Und sie war immer ein warmherziger, feinfühliger Mensch, aber sehr verletzlich, frustriert, erschöpft, tief unglücklich. Diese Trauer und Wut projizierte sie auf mich und ließ sie an mir aus; ich kann das verstehen.»

Gerade jetzt fühle ich großes Mitleid mit meiner Mutter. «Was muss sie gelitten haben!» Maya nimmt mich wieder in den Arm und lässt mich weiter weinen.

«Zuerst möchte ich eine Angsttherapie mit dir machen, bevor ich dir den Rücken massiere», meint sie dann und steht auf. Ich trotte ihr hinterher in ihren Praxisraum. Früher war ich bezüglich Energiearbeit eher skeptisch, aber nun bin ich zu allem bereit, was mir irgendwie helfen könnte. Ich fühle mich bedürftig wie ein kleines Kind.

Als ich zwei Stunden später wieder zu Hause bin, setze ich mich gleich mit Kopfhörern in die warme Badewanne: Deepak Chopra, «21 days experience: creating peace from the inside out»: «My intention to heal sustains me through everything.»

Yes.

Ich bin liebenswert

Am nächsten Morgen fühle ich mich ausgeruht und guter Dinge. Ob ich nun wohl geheilt bin? Dieser Gedanke macht mich fröhlich. Einem Geistesblitz folgend, sitze ich eine Stunde später im Zug. Ich will mir in der Stadt einen Skorpion-Anhänger kaufen, finde jedoch nichts, was mir wirklich gefällt, denn ich möchte das astrologische Zeichen; eine Art «M» mit Pfeil, nicht das Tier. Zu Hause habe ich doch noch Silberdraht ... Selbst machen ist noch besser!

Wieder daheim mache ich mich gleich an die Arbeit und kann es mir nach einer Stunde mit Freude und Stolz umhängen. Dass es in gewisser Weise sogar an ein «Ohm» erinnert, zaubert ein Lächeln auf meine Lippen. Nächstes Jahr feiere ich meinen Geburtstag mit einem großen Fest!

Ich nehme einen tiefen Atemzug. Endlich werde ich diesen grauen Schleier der Melancholie auflösen können. Es war die Ohnmacht der kleinen Lucy gewesen, die der Liebe ihrer Eltern nicht vertrauen konnte, weil sie sie unter deren Schmerz nicht erkannte. Diese Verletzungen kamen später fast ausschließlich und typischerweise in einer Liebesbeziehung zum Vorschein, denn dort zeigte sich das hilflose Kind wieder. Es fühlte sich nicht liebenswert, interpretierte vieles als Abweisung und reagierte aufbrausend und griesgrämig statt mit Humor. Dabei kann ich anderen gegenüber freundlich, aufgeschlossen und sogar lustig sein! Gegenüber Roy war ich das leider nicht sehr oft. Dass dies mit mir selbst zu tun hatte und nicht mit ihm, ist mir nun klar geworden.

Ich blieb in der Rolle des hilflosen Kindes gefangen. Endlich verstehe ich, dass es nicht reicht, das verletzte Kind zu sehen und in den Arm zu nehmen. Ebenso wichtig ist es, zu begreifen, dass ich nicht mehr das kleine Kind bin, das glaubt, nicht geliebt zu werden und nichts wert zu sein.

Ich bin eine erwachsene Frau! Warum sollte ich dem Urteil anderer mehr vertrauen als meinem eigenen? Niemand kennt mich besser als ich selbst, ich allein bin die zuständige Instanz! Von mir als Erste sollte ich doch hören: «Lucy, du bist liebenswert. Ich hab' dich lieb.»

Ja. Ich bin liebenswert. Und noch einmal vor dem Spiegel: «Schau in dein Herz und nun schau dir in die Augen. Du bist liebenswert, Lucy!»

Turtle: Vertrauen

Eines meiner Meditationsprogramme ist «hope in uncertain times». Hoffnung allein im üblichen Sinn kann nicht gemeint sein; es hat vielmehr mit Vertrauen zu tun. Mit dem unerschütterlichen Vertrauen in das Leben selbst.

Beim Meditieren steigt das Bild von kleinen Baby-Schildkröten in mir auf, die, kaum dem Ei entschlüpft, instinktiv losrennen, um sich der ungewissen Geborgenheit des Ozeans anzuvertrauen und sich von der Strömung ihrem Schicksal entgegentragen zu lassen.

Dieser Gedanke gefällt mir. So modelliere ich eine aus Ton. Da erinnere ich mich plötzlich daran, dass ich Roy manchmal «Turtle» nannte, wenn ich ihn – vollbepackt und mit seinem Bass auf dem Rücken – am Flughafen abholte. Verblüfft denke ich, wie das zu ihm passt: Wie die kleinen Schildkröten lässt auch er sich vertrauensvoll und offen von der Strömung des Lebens zu neuen Erfahrungen tragen. Und es gibt ihm recht: Auf wundersame Weise und im richtigen Moment hat er Betty kennengelernt. Genauso hatte das Leben mich zu ihm geführt, damit ich das lerne, was für meine Entwicklung bedeutungsvoll ist.

Die Schildkröte ist nicht umsonst in vielen Kulturen Sinnbild für Vertrauen und Lebenskraft. Meine gut sichtbar neben dem Fernseher platzierte Schildkröte aus Ton wird mich fortan daran erinnern.

Mein Blick fällt auf sie, als ich gedankenversunken das Gerät ausschalte. Der Film über das Leben von Vincent Van Gogh hat mich sehr berührt. Er malte seine Bilder so, wie er sie in seiner Seele wahrnahm, doch sie wurden nicht verstanden, weil sie der Sichtweise der Menschen dieser Zeit nicht entsprachen. Viele verspotteten ihn, denn sie waren nicht in der Lage, ihren Blickwinkel zu ändern, um die Buntheit der unendlichen Möglichkeiten in ihren Herzen zu erkennen.

Es gibt Menschen, die sich vor Veränderungen ganz verschließen, während andere offen dafür sind, sich wie die Schildkrötenbabys in unbekannte Gewässer treiben zu lassen. Und dann sind da noch jene, die einfach Zeit dafür brauchen, Neues zu verstehen und anzunehmen. Zu letzteren gehöre wohl ich.

Freud und Leid: Abschied von Bruno

Beim Durchscrollen von Facebook bleibe ich an einem Foto hängen: Elsa und ihr Mann Bruno strahlen elegant gestylt mit einem Glas Prosecco in der Hand in die Kamera.

Ich freue mich für sie und schreibe: «Ihr macht es richtig. Genießt es. Happy Birthday, lieber Bruno. Ich wünsche dir vor allem Gesundheit – alles andere habt ihr ganz offensichtlich voll im Griff.» Ich füge der Nachricht noch einen Smiley und eine Sonne hinzu.

Alles andere. Aber nicht das Virus. Vier Tage später erfahre ich von Elsa, dass sie beide soeben positiv auf Covid getestet worden sind.

Sie hat vor allem starke Kopf- und Gliederschmerzen, während Bruno das Atmen zusehends schwerer fällt. Nach zehn Tagen schickt mir Elsa eine verzweifelte Voicemail: «Jetzt haben sie ihn gerade mit der Ambulanz abgeholt ...!», dann versagt ihr die Stimme.

Bevor er intubiert und ins künstliche Koma versetzt wird, darf sie trotz eigener Erkrankung zu ihm, da die Ärzte nicht wissen, ob er wieder aufwachen wird. Bruno gibt sich zuversichtlich. Sie sich auch. Zwei Wochen später hört sein Herz auf zu schlagen. Mit Elsas Hand in seiner schläft er für immer ein.

Voller Mitgefühl sehe ich meine sonst so lebensfrohe Freundin in Gedanken vor mir. Es ist das erste Mal, dass ich wegen einer Todesnachricht weinen muss. In diesem Moment verstehe ich, dass man das Glück nicht festhalten kann. Man kann es nur bewusst im Augenblick erleben. Alles was ist, bewegt sich, ist einatmen und ausatmen, ist geboren werden und sterben. Veränderung ist das Leben selbst. Sogar den Stein formen Wind und Regen stetig neu, geben ihm immer wieder einen neuen Sinn. Leid zwingt uns, neue Wege zu gehen, die Richtung zu ändern, damit wir wachsen und lernen, darauf zu vertrauen, dass es gut ist, so, wie es ist. Aber zuerst muss man es akzeptieren. Ganz. Bruno wird nie wiederkommen.

In der großen Kirche sitzen die erlaubten 50 Personen auf den Holzbänken. Trauer hinter Masken. Ich bin wiederum froh um die Meine, denn kaum ertönen die ersten Klänge, schüttelt es mich. Spüre ich Elsas Schmerz oder meinen eigenen? Ich gebe nicht vor, zu wissen, wie es sich anfühlt, einen geliebten Menschen durch Tod zu verlieren – Gott sei Dank weiß ich es nicht! Aber ich weiß, wie es sich anfühlt, denjenigen verloren zu haben, den ich liebe. Noch immer.

Es ist das erste Mal seit drei Jahren, dass ich Kevin wieder spielen höre. Er und Roy hatten sich damals bei seinem Konzert kennengelernt und auf Anhieb so gut verstanden, dass sie sich für den Ausklang des Abends gemeinsam ans Klavier setzten. In Gedanken sehe ich jetzt Roy vor mir, wie er «my girl» sang, während er sich mir mit liebevollem Blick zuwandte.

Kevin ist ein ehemaliger Nachbar von Elsa und Bruno und deshalb wie seine Eltern seit Jahren mit ihnen befreundet. Er hat Elsa angeboten, am Abdankungsgottesdienst die Lieder zu spielen, die sie sich wünschte.

Als ich mich später an Brunos Grab einreihe, um gelbe Rosenblätter auf seine Urne zu streuen, ist mir bewusst, dass auch ich endlich Abschied nehmen muss; von der Vergangenheit, von Roy.

Ablösungsprozess

Als Erstes nehme ich mir vor, aufzuhören, täglich auf Facebook vergeblich nach Posts oder Fotos zu suchen, die mir von seinem Leben erzählen könnten. Schluss mit dem kleinen Stromstoß in meinem Herzen, den ich spüre, wenn der grüne Punkt im Messenger anzeigt, dass er online ist und ich mich für einige Sekunden der Illusion hingebe, er würde meinen ebenfalls bemerken und sich dadurch mit mir auch verbunden fühlen. Warum tue ich mir das noch an? Tatsächlich geht es mir doch jedes Mal schlechter, denn ich bin wie besessen von Fragen, auf die ich nie eine Antwort bekommen werde. Wann hat er aufgehört, mich zu lieben? Liebt er Betty, ist er glücklich mit ihr? Wie geht es ihm? Denkt er noch an mich? Falls ja: Liebevoll oder bin ich ihm lästig? Oder bin ich ihm einfach nur gleichgültig?

Zum Glück dauern diese Momente nicht lange an. Aber lange genug, um zu spüren, dass es aufhören muss.

Von einer Freundin habe ich den Link zur Strichmännchen-Technik erhalten. Es geht dabei darum, sich selbst und den Menschen, den man loslassen will, in einer einfachen Zeichnung darzustellen. Die beiden Figuren befinden sich in einem Kreis und werden über ihre Chakra-Punkte mit horizontalen Linien verbunden. Letztendlich zerschneidet man das Blatt in der Mitte und trennt so die beiden Figuren bewusst, während man der anderen Person und sich selbst das Beste wünscht. Es soll wirken ...

Vielleicht tut es das. Ich schaue nun tatsächlich weniger oft bei Facebook rein. Ich muss mir eingestehen, dass ich meinen Schmerz mit Social Media noch genährt habe.

Nun konzentriere ich mich noch mehr auf meine Arbeit und trainiere bewusst, unter der Maske zu lächeln. Das hilft auch.

Trost von unerwarteter Seite

Für die Authentifizierung auf dem Computer bekommen wir von Seiten der Schule online IT-Support. Ich lege Passwörter, Handy, iPad und Laptop bereit und bin fast ein wenig stolz auf mich, dass ich gelassen und offen gegenüber dem, was kommt, auf Einlass in die Sitzung warte. Noch vor nicht allzu langer Zeit blockte ich immer ab, wenn es um Technik ging. Aber nun will ich lernen.

Der Fachmann zeigt sich geduldig. Ich habe das Glück, schon nach wenigen Minuten seine volle Aufmerksamkeit zu haben, da die anderen beiden Personen alles sehr schnell begriffen und sich wieder ausgeklinkt haben. Ich hingegen werde zusehends nervöser, als ich die Taste für die Bildschirmfreigabe nicht sofort finden kann. Schließlich wird mir per SMS der letzte wichtige Code geschickt. Ich höre das Handy, kann es jedoch nicht finden. Zum Glück habe ich noch mein Festnetztelefon, mit dem ich mich selbst anrufen kann und dadurch länger höre, woher der Klingelton kommt. Das Gerät liegt hinter dem Bildschirm meines Laptops ... Nun geht alles ganz schnell. Der Spezialist übernimmt meinen Bildschirm, ergänzt da und dort etwas, dann hat er Feierabend.

Ich hingegen spüre, wie viel Energie mir das Gefühl von Versagen und Hilflosigkeit aus dem Körper gesaugt hat. Psychisch erschöpft, laufen mir die Tränen über die Wangen. Ist es tatsächlich nur die Technik? Oder mein tiefes Mitgefühl für Elsa? Oder immer noch Roy? Alles zusammen? Ich bin so verletzlich geworden.

Trotz des Regens raffe ich mich schließlich auf, um meine Karte für Elsa noch vor Schalterschluss zur Post zu bringen, damit sie noch am nächsten Tag in ihrem Briefkasten liegt. Das Gehen und die Kälte tun mir gut. Unterwegs kommt mir eine Arbeitskollegin in den Sinn, deren Scheidungsprozess kein Ende nehmen will, was sie sehr belastet. Wie sehr ich in diesem Moment ihre Gefühle verstehen kann! Zurück zu Hause schicke ich ihr eine Voicemail, in der ich ihr von meinem peinlichen Computer-Erlebnis erzähle, von meiner Verletzlichkeit, von meinem steten Auf und Ab, aber auch davon, wie ich damit umgehe. Ihre Antwort kommt, als ich in der warmen Badewanne liege:

«Lucy, du bist erstaunlich. Du erzählst mir in deiner Nachricht all das, was dir widerfahren ist, von deinen Selbstzweifeln, deiner Trauer, aber auch von deiner Zuversicht. Damit, und mit den so lieben Worten für mich, machst du auch mir wieder Mut. Das bist du, Lucy. Die authentische Lucy, die sensible, tiefgründige Lucy. Nicht der Computer-Dummie bzw. Non-digital-Native

wie auch ich einer bin. Nein, das andere bist du, und das ist es, was zählt. Ich bewundere dich dafür, dass du zu deiner Verletzlichkeit stehst. Gerade deshalb habe ich dich gern und liebe den Austausch mit dir, denn du bist echt.»

Ich reibe mir das Shampoo in die Haare. Ihre Worte tun mir gut und ich fühle, wie Wärme in mir aufsteigt.

Auch von meiner Freundin Lexie, der ich ebenfalls mein Leid geklagt habe, kommen tröstende Worte zurück. Wie schön zu spüren, dass es Menschen gibt, denen man wichtig ist. Jeder Mensch möchte helfen und gebraucht werden. Das tiefe Glücksgefühl, das man dabei empfinden kann, habe ich Roy so oft verwehrt. Ich hoffe, er spürt, dass ich das inzwischen verstanden habe und wie leid es mir tut.

Karita

Freunde und Bekannte, die ich aus den Augen verloren habe, melden sich plötzlich wieder. Manchmal sind es nur kurze Begegnungen, aber sie kommen im richtigen Moment; Menschen, die aufmunternde Worte brauchen, weil sie in ihrem Lebensfluss blockiert sind, und Menschen, die mir im richtigen Moment wichtige Impulse geben und mich inspirieren.

Der Video-Call mit meiner schwedischen Freundin ist so ein Moment. Im Laufe dieser 40-jährigen Freundschaft und über die geografische Distanz hinweg sind Karitas und mein Leben oft so parallel verlaufen, dass wir die Gefühle und Erfahrungen voneinander nachempfinden können.

Karita erzählt mir von ihrer neuen Arbeit als Hebammen-Assistentin. «Weißt du, Lucy, als ich letztes Jahr wegen der Pandemie als Lokführerin nicht genügend Übungsstunden fahren konnte, wechselte ich in meinen ursprünglichen Pflegeberuf zurück. In der Spital-Abteilung, in der ich begonnen habe, hatte ich wunderbare Kollegen und wertvollen Kontakt zu den Patienten; dort war ich mit Leid und Tod konfrontiert. Mit dem Wechsel in die Geburtshilfe erlebe ich hingegen tagtäglich das Wunder des Lebens. Ich glaube, wir Menschen sollten uns dessen wieder bewusster werden, dass beides zusammengehört. Dann könnten wir auch Krankheit und Tod besser annehmen.»

«Wie recht du hast, Karita», sage ich und denke an Lina.

*

Lina

Sie war ein besonderer Mensch in meinem Leben. Ich erinnere mich an ihren 95. Geburtstag. Es war ein Samstagmorgen: Schnell klebte ich noch den Umschlag mit der Glückwunschkarte für sie zu, dann schlüpfte ich in Schuhe und Mantel. Sie wollte mich als ihre Freundin und Bezugsperson beim Mittagessen dabeihaben. Auf dem Weg zum Altersheim holte ich in der Buchhandlung den vorbestellten Roman ab, den ich ihr schenken wollte. Sie liebte Literatur, obwohl sie inzwischen eine Lupe zum Lesen brauchte.

Oft erzählte sie mir Geschichten aus einem Buch oder trug auswendig Gedichte aus ihrem Lieblingsband vor, was mich jedes Mal verblüffte. «Unglaublich und so bewundernswert, wie du das machst, Lina. Ich weiß nicht, ob ich noch wie du seitenweise Gedichte auswendig lernen könnte.»

«So halte ich mein Gedächtnis fit», meinte sie dann augenzwinkernd.

Mindestens alle zwei Wochen besuchte ich sie. Nicht, weil mich das Heim als ihre Bezugsperson registriert hatte, sondern weil sie mir im Laufe der Zeit wirklich eine liebe Freundin geworden war. Lina war eine Kämpfernatur. Eine Hirnblutung hatte sie vor fünf Jahren gezwungen, die Wohnung im 2. Stock ohne Lift in unserem Haus aufzugeben, da sie seither beim Gehen sehr unsicher war. Vor zwei Jahren hatte sie ohne chirurgischen Eingriff einen Milzriss überlebt. «Weil du mich täglich besucht und meine Hand gehalten hast, Lucy», meinte sie und blickte mich liebevoll an, wenn wir darüber staunten, wie gut sie sich davon erholt hatte. Ich war für sie die Tochter, die sie nie hatte.

Noch vor dem Frühstück drehte sie jeden Morgen mit ihrem Rollator eine Runde im Garten des Altersheims mit dem eisernen Willen, möglichst selbstständig zu bleiben. Dafür, aber vor allem auch aus Interesse und Lebensfreude, trainierte sie Körper und Geist mit Altersturnen, Klavierspielen, Kreuzworträtseln, Zeitungen, Scrabble und Literatur.

Als sie noch zu Hause wohnte, besuchte sie fast bis zu ihrem 90. Lebensjahr einen Hebräisch-Kurs, denn in jungen Jahren hatte sie eine Weile in einem Kibbuz gelebt. Seither interessierte sie sich für die jüdische Kultur. Sie liebte es, für längere Zeit in anderen Ländern zu leben. Eine ihrer ersten Erfahrungen machte sie in Holland, wo sie für ein Jahr als Nanny Kinder betreute. Lange Zeit lebte sie danach wieder mit ihrer Mutter zusammen. Im Dorf, in dem sie wohnte und unterrichtete, nahm sie aktiv und engagiert am sozialen und kulturellen Leben teil: Sie sang im regionalen Kammerchor und entdeckte den Volkstanz, den sie ihr Leben lang pflegte. Am großen Fest zu ihrem 90. Geburtstag konnte sie sogar noch mit ihrer Gruppe mittanzen.

Mit 47 stellte sie sich wiederum einer ganz neuen Herausforderung: Sie arbeitete als Reiseleiterin und Musiklehrerin in Kalabrien. Zurück in der Schweiz arbeitete sie bis zu ihrer Pensionierung wieder als Primarlehrerin. Während der Ferien ging sie oft mit ihrer ebenfalls unverheirateten Schwester wandern, stieg gar auf den Ätna und unternahm viele Reisen durch Europa. Was für ein reiches Leben in einer Zeit, in der das Reisen als alleinstehende Frau noch nicht so selbstverständlich war wie heute!

Mit leiser Wehmut dachte ich dann oft an meine Mutter. Wie anders ihr Leben doch verlaufen war. Die gleiche Generation, aber Welten voneinander entfernt! Und doch: In ihren Luftschlössern, die sie früher gebaut hatte, war sie nicht so weit von Linas Realität entfernt gewesen, während Lina sehr gerne wie meine Mutter eine Familie mit Kindern gehabt hätte, was ihr jedoch verwehrt geblieben war. Das Leben gibt uns, was sein soll, nicht immer das, was wir wollen.

Aber Lina durfte im Alter eine große Liebe erleben. Ich bat sie oft, mir davon zu erzählen, weil sie mich sehr berührte.

«Fredy gefiel mir schon damals am Lehrerseminar. Aber als er mich heiraten wollte, sagte ich nein, weil ich reisen und unabhängig sein wollte. So verloren wir uns nach der Ausbildung aus den Augen. Doch kurz nachdem ich pensioniert worden war, fuhr ich einmal zu einem Klassentreffen und im gleichen Zug schräg gegenüber saß ... Fredy! Wir erkannten uns sofort und waren tatsächlich beide zum gleichen Fest unterwegs! Da hat es wieder gefunkt, diesmal bei beiden.»

Zusammengelebt haben sie trotzdem nie, denn er konnte und wollte seine schwer an Alzheimer erkrankte Frau nicht verlassen. Er pflegte sie bis zu ihrem Tod. Lina und er verbrachten jedoch fast jedes Wochenende und die Ferien zusammen. So durften sie gemeinsam 18 beglückende, erfüllende Jahre erleben. Dann starb er an Krebs. Lina blieb jedoch eine herzliche Beziehung zu seinen beiden Töchtern.

*

Pünktlich um halb zwölf war ich im Heim. Lina und ihre Freundin Sonja erwarteten mich schon an einem festlich gedeckten Tisch. «Herzlichen Glückwunsch zum Geburtstag, liebe Lina! Ich freue mich, dass wir nun doch gemeinsam feiern können! Gründe dafür gibt es viele: Du bist geistig fit, kannst immer noch vieles selbst machen und strahlst eine so wunderbar positive Energie aus! Wie schön, dass es dich gibt!»

Die Covid-bedingten Einschränkungen der letzten Monate hatten das Leben der Altersheimbewohner stark erschwert. Wenn ich Lina in der Cafeteria des Heims besuchte, durften wir nur in diesem öffentlichen Raum und in zwei Metern Distanz miteinander sprechen. Da sie nicht mehr gut hörte, wurde die Kommunikation zusehends schwieriger. Doch in diesem kleinen, privaten Rahmen konnte sich Lina nun wieder voll einbringen. Angeregt sprachen wir beim Essen über Literatur und das Erziehungssystem von früher und heute, über die Vor- und Nachteile von Sonderklassen und schließlich über Politik. Sonja erzählte von ihrer Au-pair-Zeit in England und wie sie nach ihrer Rückkehr in die Schweiz jahrelang an einem Kurs in Englischer Literatur teilgenommen hatte. Bei beiden Frauen wurden viele persönliche Erinnerungen an die Kindheit wieder wach und fasziniert hörte ich zu. Unterschiedliche Generationen sollten sich öfter zusammentun. Welch wertvolle, bereichernde Erinnerungen gehen sonst verloren!

*

Vier Monate später sitze ich an Linas Bett und halte ihre Hand. Ob sie wohl trotz Morphium meine Nähe und die lieben Gedanken all jener spürt, mit denen sie bis zuletzt verbunden bleibt? Ihre Freundin aus Deutschland schreibt mir und möchte, dass ich mit Lina bete. Brittas Bitte folgend, spreche ich das «Vaterunser». Ob mich Lina in der Agonie wohl hört? Mir ist, als würde ihre Atmung unruhiger, emotionaler. Vor allem als ich ihr gut zwei Stunden später nochmals übers Gesicht streichle und sage: «Lina, ich gehe nun nach Hause; auch du darfst nun heimgehen. Fredy wartet auf dich.»

Noch in der gleichen Nacht erlischt ihr erfülltes, selbstbestimmtes Leben. Ihr Licht wird in mir noch lange leuchten.

*

Ich denke an all die Menschen, denen man im Leben begegnet und daran, was wir einander bewusst oder unbewusst weitergeben, Gutes wie Schlechtes. Ich sehe in Gedanken vor mir den Ring, der sich auf der Wasseroberfläche bildet, wenn man einen Stein hineinwirft. Er verursacht Bewegung, so klein er auch sein mag. Der Kreis wird größer, bis er mit anderen verschmilzt. Jedes Lebewesen hat einen Einfluss auf jemanden oder etwas, ist unweigerlich verbunden mit der Lebenskraft, die den ganzen Erdball umspannt.

Aussagen wie »ewiges Leben» oder «es gibt keinen Tod» waren für mich früher zu religiös oder zu abstrakt. Dabei findet man sie auch in der Wissenschaft. Energie kann nicht zerstört werden, sie kann nur andere, unendlich viele Formen annehmen. Langsam erfasse ich, was damit gemeint ist. Eine leise Ahnung keimt in mir auf, dass der Tod wirklich nur eine Transformation ist; die Raupe und der Schmetterling sind das klassische Sinnbild dafür. Bevor er selbst stirbt, hat er Blumen und Blüten bestäubt, ist Nahrung oder Nährboden für anderes Leben. Das ist die Ewigkeit.

Anna Halprin

Seitdem Olivia sich gegen die Chemotherapie entschieden hat, geht es ihr psychisch wieder gut. Auf die Misteltherapie hat sie gut angesprochen, musste diese jedoch wegen der Bestrahlung unterbrechen. Noch vier Wochen, dann wird sie auch diese hinter sich haben. Inzwischen hat sie ihre Ernährung umgestellt und verzichtet weitgehend auf Zucker und Alkohol. Manchmal besiegt man den Krebs ganz, manchmal schläft er jahrelang. Olivias Mutter Luna ist der Beweis dafür, dass man trotz oder gerade mit der Diagnose das Leben intensiv spüren und erleben kann. Kreativität, Liebe und Bewusstsein sind die Kraft für Heilung, sind das Leben selbst.

*

Bei einem Besuch bei Olivia sehe ich überrascht Buntstifte, Acrylfarben und Papier auf ihrem Tisch. «Olivia, du malst!» Eins ihrer Bilder zieht mich in seinen Bann. Ich betrachte die skizzenhaft dargestellten Hände, die etwas Rotes umfassen. Daraus strahlt leuchtendes Gelb, dahinter diskretes Blau. Olivia dreht das Bild um. «Das ist ... Das berührt mich nun noch mehr! Und es drückt jetzt etwas ganz anderes aus!»

Fasziniert drehe ich es hin und her. «Das ist Kunst. Darum geht es doch; um die Gefühle, die sie in einem auslöst! Weißt du, ich liebe die Bilder, die ich male, und ich würde sie nicht hergeben wollen. Aber meine sind eher schöne Kopien der optischen Wirklichkeit. Deins spricht eine eigene Sprache und kommt aus deinem tiefen Inneren.»

Olivia lächelt. «Es stimmt, dass ich es gemalt habe, ohne darüber nachzudenken, was ich darstellen will. Du weißt, ich bin auf der Suche ... Vielleicht hat das mit dem Film zu tun, den ich mir per Zufall am Abend vor meiner OP im Spital anschaute. Es geht darin um die Tänzerin Anna Halprin, die mitten in ihrer Karriere mit der Diagnose Krebs konfrontiert wurde und sich selbst therapierte, indem sie ihre Gefühle mit Farben aufs Papier brachte und danach ihre eigenen Bilder tanzte. Das hat mich inspiriert. Möchtest du den Film sehen?»

«Auf jeden Fall, Olivia, sehr gern. Was dein Herz berührt, erreicht bestimmt auch meins!»

Während sie den Beamer an den Laptop anschließt, gieße ich Teewasser auf. Teetrinken bedeutet in dieser Zeit auch eine sehr willkommene, kurze Pause von der Maske. Natürlich nur schon deshalb in sicherer Distanz, weil Olivia nun zur Risikogruppe gehört. Ein letzter Schluck aus der Tasse, ein Lächeln, ehe wir wieder die Maske aufsetzen. Dann sind wir bereit. Mit je einem eigenen Sofa und der

Wand als Großleinwand haben wir einen Komfort, den uns kein Kino bieten kann.

Der Film fasziniert mich auf Anhieb. Schon bei den ersten Bildern wird spürbar, wie diese Frau eins wird mit dem Ozean, mit dem Wind, dem Baum, der Erde, mit allem, was sie umgibt. Ihre Authentizität, die sich in ihren Augen und ihrem Lächeln zeigt, zieht mich sofort in ihren Bann. Diese Verbundenheit mit ihrem wahren Selbst, dessen Übersetzung sich durch ihren Körper im Tanz über alle Grenzen hinwegsetzt.

Während des ganzen Films habe ich keinen einzigen Moment das Bedürfnis, etwas zu kommentieren, weder durch gesprochene Worte noch durch Gedanken. Alles in mir ist weit geöffnet für bewusstes, urteilfreies Wahrnehmen. Dieses Filmerlebnis ist ein wunderbarer Moment des Erwachens.

Loslassen und ankommen

Am letzten Tag des Jahres fahre ich zu meiner Mutter. Ich habe ihr zwei Wochen zuvor ein kleines CD-Gerät und drei Hörbücher gekauft und alles meiner Schwester für sie mitgegeben, da sie sie am folgenden Tag wie jeden Sonntag besuchte. Doch statt sich darüber zu freuen, hat meine Mutter abgewehrt, sie wolle nichts mehr, es belaste sie nur. «Nun, wenn sie nicht will, dann eben nicht», meine ich trocken, als Uschi mir am Telefon davon berichtet. «Aber dann will ich doch lieber mein Geld zurück, anstatt die Sachen bei ihr im Schrank verstauben zu lassen. Zum Glück habe ich beide Quittungen noch.» Meine Schwester findet das auch, und noch am gleichen Tag fahre ich zu unserer Mutter. Diese freut sich tatsächlich mehr darüber, dass ich alles wieder mitnehme, als über das Geschenk, das ihre Zeit etwas kurzweiliger hätte gestalten können. Doch anders als früher nehme ich es mit Gelassenheit. Trotzdem bin ich nachdenklich, als ich wieder nach Hause zurückkehre.

«Nein. Ich will nichts. Ich brauche nichts ...» Mit dieser Abwehrhaltung bin ich groß geworden und ich habe mich ihr auch nicht ganz entziehen können. Es wird mir bewusst, dass ich mich trotz weltoffenem Denken in einem abgegrenzten Rahmen bewege und anderen zwar viel Individualität zugestehe, selbst aber meine Komfortzone nicht gern und deshalb selten verlasse. Wenn Roy mich imitierte, dann immer mit verschränkten Armen und energischem «No», wogegen ich mich stets verteidigte, aber so ganz aus der Luft gegriffen war das nicht. Ich habe einiges von meiner Mutter ...

Plötzlich überkommt mich ein Gefühl der warmen, tiefen Liebe für Roy; nicht die quälende Sehnsucht nach ihm. Ich erinnere mich daran, wie verspielt er doch war! Manchmal erinnerte er mich an einen kleinen Jungen. Dieser Teil von mir selbst hatte mich doch so sehr zu ihm hingezogen. Sein freies Denken, sein Schalk – meine zu wenig gelebte Seite ...

Mit einer Mischung aus Zärtlichkeit und Wehmut sage ich in Gedanken: «Roy, ich verstehe so gut, dass du aus dieser Energie ausgebrochen bist. Du wärst darin erstickt!» Da kommt mir plötzlich meine Tochter in den Sinn. Sie hat ein so sonniges, manchmal fast kindliches Wesen und kann sich über die kleinsten Dinge freuen. Und doch ist es absolut ernst gemeint, wenn sie manchmal sagt: «Mama, du bist wie ich.» Nun muss ich lächeln. Auch das stimmt. Eigentlich habe ich nur eine abgeschwächte Form dieses Charakterzugs meiner Mutter, und Nicole ist mein befreites ICH. Ich will mich auch befreien!

Eine Aussage aus meinem Meditations-Programm geht mir durch den Kopf: «Absicht gibt deiner Wahrnehmung eine Richtung. » Welche Richtung will ich meinem Bewusstsein geben? Was ist meine Absicht? Ich will Roy in meinem Leben, will seine Liebe ... Doch das ist zu vage; mein Ziel muss ein anderes sein als der Wunsch meines Egos. Plötzlich weiß ich es: «Wenn ich die beste Version meiner Selbst bin, lebe ich im Augenblick, und in diesem wird mir das Universum stets genau das geben, was ich brauche, um glücklich zu sein. Dann ist alles möglich; alles!»

Nun spüre ich die Leichtigkeit in meinem Herzen und das Vertrauen, das ich gesucht habe.

*

Nachdem ich zu Hause das Auto in die Garage zurückgestellt habe, kaufe ich im Blumengeschäft um die Ecke eine Rose und gehe damit zum See. Bevor ich sie ins Wasser werfe, streichle ich sanft ihre Blüte und sage leise: «Ich lasse dich los, Roy. Nicht die Liebe zu dir, aber den Schmerz. Ich lasse den Schmerz los.»

Lange schaukelt die Blume auf den Wellen, die sie nur langsam vom Ufer wegtragen. Ich sehe ihr noch eine Weile nach, dann atme ich tief ein und drehe mich um. Alles ist gut, so wie es ist. Was sein soll, wird sein.

Roy wird immer einen Platz in meinem Herzen haben. Diese Liebe war ein Geschenk und die Zeit mit ihm eine Rose mit Dornen, doch ihre Schönheit und ihre Wurzeln haben den Weg in mein Herz gefunden, um dort zu wachsen wie mein Bewusstsein für die Kostbarkeit des Augenblicks. Vor allem habe ich durch Roy erkannt, wie wichtig es ist, mich selbst zu lieben und darauf zu vertrauen, dass ich nach Momenten tiefer Traurigkeit auch immer wieder zu Akzeptanz und Frieden zurückfinde, wenn ich mit mir selbst verbunden bin. Denn die Vergangenheit loslassen bedeutet nicht, dass sie keinen Wert hat oder dass man keine Erinnerungen mehr daran haben darf. Vergangene Erfahrungen haben uns geformt. Schmerzliches ist das Werkzeug, mit dem wir an unseren schwierigen Stellen feilen, damit sie glänzen und uns zu dem machen, was wir heute sind.

*

Einige Tage später trinke ich Tee bei Maya. In einer Vase mitten im Wohnzimmer steht ein Strauß wundervoller Schwertlilien. «So unglaublich schön, nicht wahr, Lucy? Ich bin jetzt schon traurig, wenn ich daran denke, dass sie welken werden.» Zu Hause denke ich darüber nach. Kommt die Traurigkeit von der Liebe oder davon, etwas festhalten zu wollen?

Aus dem Bewusstsein der Vergänglichkeit heraus sehen wir doch oft erst die Schönheit. Wenn wir erkennen, dass jeder Moment, ob beglückend oder schmerzlich, alles gibt, was er uns zu geben vermag, dann ist jeder Tag eine neue Chance, Schönes zu sehen, zu lachen, zu lieben – alles zu lieben, was ist, denn wir sind ein Teil davon. Nicht immer wird es mir gelingen, aber immer wieder; ich bin auf dem Weg. Die Liebe ist in uns, in jedem Augenblick, da wir ihn bewusst wahrnehmen. Er ist das Leben selbst.

Danksagung

Ich danke meiner Freundin Laura Keller für ihre Geduld und Sorgfalt, mit der sie die ersten beiden Entwürfe meines Manuskripts durchlas. Für ihren wertvollen Hinweis auf den Tagebuchcharakter der Geschichte bin ich ihr besonders dankbar, denn der Aufwand, die Zeitform entsprechend anzupassen, hat sich gelohnt. Danke auch Marianne Pfister für ihre kritischen Fragen zur ersten Version.

Ein großes Dankeschön gilt meiner Lektorin Anja Berger für ihre professionelle und einfühlsame Arbeitsweise, ihre Hilfsbereitschaft auch hinsichtlich praktischer Fragen zur Anwendung des Korrekturprogramms und nicht zuletzt dafür, dass sie mir mit ihrem positiven Zuspruch mein Selbstvertrauen gestärkt hat.

Schließlich möchte ich all jenen danken, die mir während der Entstehung dieses Buches ihr Interesse bekundeten und mich ermutigten, dessen Veröffentlichung zu wagen.

»Ich habe das Leben verpasst!«

Markus Ruf

Auszeit

Roman

»So soll es mir nicht noch einmal gehen«, sagte sich Frank, als er sich von Geschäft und Alltag loskämpfte und sich für eine Auszeit in Berlin entschied. Doch seine minutiöse Planung gerät ins Wanken, als eine Lady in rotem Blazer seine Gefühlswelt durcheinanderbringt. Und auch die Begegnung mit einem mysteriösen Bettler auf der Weidendammer Brücke lässt höchst widersprüchliche Gefühle zurück. Noch ahnt er nicht, welche Irrungen seine Auszeit bringen wird. Kommt Frank wie geplant als »neuer« Frank zurück?

Markus Ruf ist im August 2020, kurz nach dem Beenden seines Buches, verstorben. Seine Tochter, Corinne Ruf, hat das Buch postum zur Veröffentlichung gebracht.

1. Auflage • HC mit Schutzumschlag • 240 Seiten • 13,5 x 21,5 cm ISBN 978-3-99018-582-7

BUCHER Verlag Hohenems – Vaduz – München – Zürich **www.bucherverlag.com**